Éric Simard

Les Larmes d'Ithaque

oskar
éditeur

Ithaque est l'île d'Ulysse, le chef grec qui a combattu aux côtés d'Achille contre la cité de Troie, il y a plus de trois mille ans.

Après avoir vainement assiégé Troie pendant dix années, les Grecs utilisèrent une ruse pour entrer dans la ville. Sur les conseils d'Ulysse, ils construisirent un cheval géant en bois creux dans lequel plusieurs d'entre eux se cachèrent, puis ils firent semblant de lever le siège en laissant le cheval derrière eux. Croyant avoir à faire à une offrande aux dieux, les Troyens tirèrent le cheval dans leur ville sans savoir que la nuit venue, leurs ennemis dissimulés à l'intérieur surgiraient. Les guerriers grecs ouvrirent les portes de Troie à leur armée, et la cité fut détruite. Ses habitants furent impitoyablement massacrés.

La dixième année de cette guerre a été relatée dans l'*Iliade*, et certains épisodes comme celui du cheval de Troie dans l'*Odyssée* (entre autres). Ces deux poèmes sont attribués à Homère.

L'*Odyssée* relate le long et périlleux retour d'Ulysse dans sa patrie après la victoire contre les Troyens. Ulysse dut employer son intelligence et toute sa ruse pour surmonter de nombreuses épreuves, dont celle du Cyclope Polyphème. Dix longues années s'écoulèrent entre son départ de Troie sur un navire et son arrivée dans sa patrie, Ithaque.

Pénélope, sa femme, espérait toujours son retour. Elle avait demandé aux guerriers qui se disputaient sa main d'attendre qu'elle finisse de tisser son ouvrage. Mais elle défaisait la nuit ce qu'elle créait le jour.

Aujourd'hui Ithaque est une île paisible l'hiver, et envahie de touristes l'été...

Chapitre 1

Je dérive sur la mer, étendu sur la coque retournée de mon bateau. J'ai soif. Des oiseaux m'observent depuis le ciel, guettant ma mort. Mon père, ma mère, mes sœurs... Comme j'aimerais vous revoir, vous serrer dans mes bras. Croirez-vous à mon histoire si je parviens à survivre ? Non. Vous me répéterez :

— Alexandros, tes cauchemars sont sortis tout droit de tes délires.

Et pourtant je le jure : j'ai failli être écorché et dévoré. Un monstre m'a poursuivi et capturé ! Je le jure !!!

Je suis né il y a quinze ans à Ithaque. Sur les cartes, mon île ressemble à un entonnoir relié à une poche. Certains racontent qu'elle aurait été autrefois ronde et harmonieuse, avant qu'un dieu en colère ne l'étrangle entre ses doigts. Si vous la cherchez, vous la trouverez en mer Ionienne au milieu d'autres îles grecques, juste à côté d'une île plus grande appelée Céphalonie.

Des historiens prétendent que, malgré le nom qu'elle porte, mon île ne serait pas l'Ithaque d'Homère, sur laquelle a régné Ulysse. Je réponds à ces ignorants que nous autres, Grecs nés sur cette terre, sommes certains et fiers d'appartenir à la lignée du grand roi.

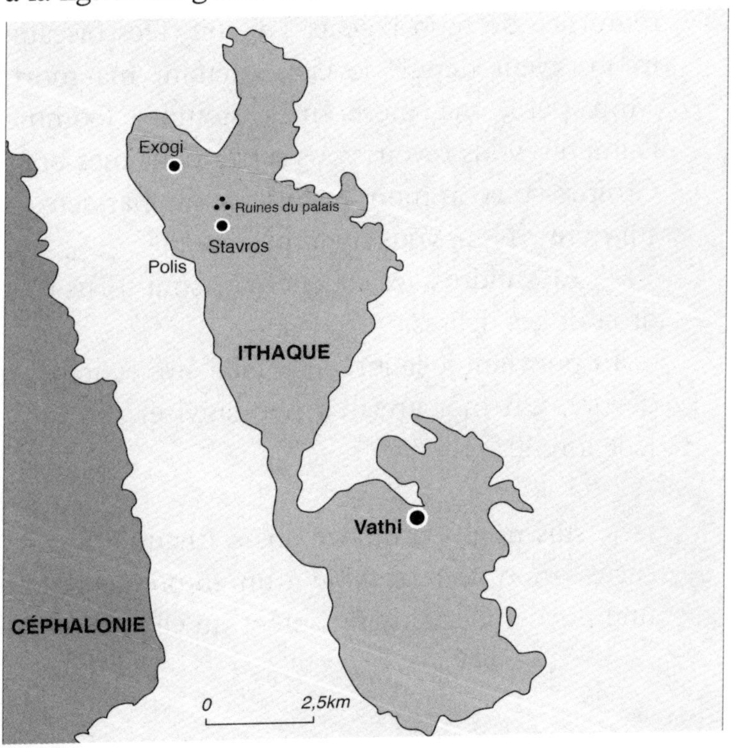

J'habitais avec mes parents près du village de Stavros, situé dans la partie nord de l'île, au pied du mont Nérite. Le chemin qui mène à la maison serpente avec indolence le long d'oliviers aux troncs tortueux. Il est flanqué de deux murs de pierres bedonnants où se réfugient les lézards contrariés dans leur bain de soleil. Mon père est pêcheur comme l'étaient mon grand-père et probablement tous mes ancêtres. Notre petit port d'attache est celui de Polis, qui fait face à l'île de Céphalonie. Ce lieu bien abrité dissimule dans un de ses recoins une grotte sanctuaire consacrée, à l'époque antique, aux nymphes. Avant qu'un tremblement de terre ne condamne son entrée, des archéologues britanniques y ont découvert un tesson d'argile portant cette inscription : « Vœux à Ulysse ». N'est-ce pas la preuve que notre île a bien été gouvernée par le vainqueur de Troie ?

Au siècle dernier, des ruines ont été mises au jour à quelques kilomètres de notre village, près de la route qui monte au bourg d'Exogi, accroché à la montagne. Il s'agissait d'un site hautement stratégique doté d'une belle source. Les blocs découverts sont en fait tout ce qu'il reste de l'ancien palais d'Ulysse. Quelle fierté de savoir que notre illustre roi a appris à chevaucher et à manier l'épée à proximité de chez moi. Une nuit de pleine lune, il m'est arrivé d'entendre des galops derrière notre maison. J'ai rejoint prudemment ma fenêtre et j'ai aperçu trois superbes juments blanches dont une était montée par un cavalier. Je n'en ai parlé à personne, préférant préserver au fond de mon cœur le secret d'un Ulysse immortel veillant sur notre île.

Sur cette terre splendide, le destin a voulu que je naisse avec une tête horrible. Une anomalie génétique a nui au bon développement de mon visage. J'étais tout le contraire d'un apollon, avec mon œil droit gros comme une balle de ping-pong ! Une tragédie dans un pays où on a toujours voué un culte à la beauté...

Juste après ma naissance, ma mère a consulté une voyante pour savoir si j'allais survivre. La femme a affirmé que oui. Puis elle a fixé maman avec des yeux effarés. Elle a répété des phrases abracadabrantes, comme quoi ma malformation n'était pas due au hasard, qu'on devait veiller sur moi à cause des forces obscures. Bref, des informations qui, à l'époque, ont paru grotesques...

Toujours est-il qu'il était impossible de vivre normalement avec un tel visage. En grandissant, j'ai essayé de cacher mon œil monstrueux sous un bandeau, à la manière des pirates, mais mes camarades s'amusaient à me l'arracher. Chaque fois qu'ils m'humiliaient, j'avais l'impression que des tisons transperçaient mon corps. Alors je cognais et mordais comme une bête enragée. Les victimes repartaient souvent avec des bleus sur le corps et des bouts d'oreille arrachés. Leurs parents menaçaient les miens de représailles. Heureusement ma famille me soutenait.

Des spécialistes se sont déplacés d'Athènes pour étudier ma malformation. Ils voulaient surtout savoir si je voyais normalement. Leurs tests ont prouvé que oui. Ils ont pris des photos, m'ont posé un nombre invraisemblable de questions et sont retournés sur le continent sans plus jamais donner de nouvelles. Mon dossier a dû finir dans un tiroir.

La seule amie qui me comprenait s'appelait « solitude ». J'allais à la plage presque tous les jours, au grand désespoir de ma mère, qui me rattrapait pour que je termine mes devoirs à la maison, aux côtés de mes sœurs Mélina et Lydia. Sur le port, je taquinais les chats, je poursuivais les canards jusqu'à leur cabane et je me reposais au frais, à l'intérieur de la petite chapelle.

Quand je ne supportais plus mon visage, je rejoignais à vélo le monastère Panaghias, perché sur la montagne, et j'y libérais ma colère. Je criais ma haine au soleil, je versais des larmes de rancœur. Une fois la douleur apaisée, j'essayais de repérer le *Liberté*, le bateau de mon père, dans le chenal séparant notre île de Céphalonie. Sa coque était bleue, et une bande rouge courait sous le bastingage. Il ne possédait pas de mât, mais une petite cabine blanche se dressait, de guingois, à l'arrière. Avec ma longue vue, il m'arrivait d'attraper le bateau. J'observais alors les va-et-vient de mon père, de la proue à la cabine, de la cabine aux filets. Je sortais un fragment de miroir de ma poche et je lui adressais des signaux lumineux. Il me répondait en écartant les bras comme s'il embrassait le ciel.

Mon père est un homme immense, robuste, à la barbe généreuse et au visage buriné par le soleil. Un physique digne du dieu Poséidon ! Quand il rentre de pêche, il s'assoit et nous écoute avec ses yeux remplis d'écume, ses pommettes hautes et son front vaste. L'odeur de poisson persiste malgré ses douches. C'est la part de la mer. La mer qui le façonne, le transforme année après année, tannant sa peau, élargissant son regard. Des écailles restent souvent accrochées à ses bras, tels des pétales d'océan. Il ne fait jamais allusion à mon œil monstrueux, mais je sais qu'il en souffre. Non pas parce que je lui fais honte, mais parce qu'il sent à quel point je « crie » à l'intérieur de moi. Il m'a appris à redresser mon visage quand j'ai voulu le cacher. Il m'a appris à vivre droit malgré ma difformité. Ma mère, elle, trouve toujours des gestes simples pour me dire combien elle m'aime.

Mon père adore conter les exploits des héros de l'Antiquité, au premier rang desquels figure bien sûr Ulysse. Il faut le voir mimer les passages les plus terribles de l'*Odyssée.* J'ai lu plusieurs fois ce poème sans jamais me lasser. J'ai même fabriqué un glaive en bois pour batailler contre d'effroyables ennemis (en réalité, d'innocents buissons n'ayant que de fines épines pour se protéger). Un autre personnage a les faveurs de mon père : Œdipe, qui a résolu l'énigme du Sphinx. Comment oublier le soir où il m'a posé la célèbre question ? J'avais huit ans. Mes yeux étincelaient.

— Je marche à quatre pattes le matin, à deux pattes le midi et à trois pattes le soir. Qui suis-je ?

J'étais nul dès qu'il fallait utiliser mon cerveau. J'aurais été lamentablement dévoré par le Sphinx.

— Il s'agit de l'être humain, a révélé mon père d'une voix solennelle. Ne marche-t-il pas à quatre pattes quand il est bébé, sur ses deux jambes quand il est adulte et avec une canne à la fin de ses jours ?

J'ignorais que d'autres énigmes me seraient soumises quelques années plus tard. Et que ma vie dépendrait de mes réponses.

Chapitre 2

J'ai vite compris que le seul moyen de me faire respecter de mes semblables était la force. J'ai donc développé mes muscles pour impressionner mes ennemis. Je mangeais deux fois plus que les autres et je soulevais quotidiennement les poids entreposés dans le hangar du bateau. Je réjouissais mon père qui me voyait forcir, mais j'affolais ma mère qui se demandait comment je pouvais engloutir tant de plats à la fois. À onze ans, j'étais déjà si costaud que les jeunes du village, craignant mes colères, ont fini par me laisser tranquille. La plupart des filles m'évitaient ou me souriaient d'un air gêné. Les filles... que pouvais-je attendre d'elles avec un visage aussi ingrat ? Ma laideur les repoussait. Parfois, dans mes rêves, je discernais des yeux féminins remplis d'attention. Un visage encadré de cheveux bruns, toujours le même, apparaissait au milieu de mes songes. Ses lèvres s'ouvraient et semblaient me prévenir d'un danger. Je me réveillais alors brusquement et me jetais sur l'interrupteur... pour constater que j'étais seul dans ma chambre. J'ignorais que ces appels venaient d'un autre monde.

À douze ans, j'ai intégré le collège de Vathi, le bourg principal situé au sud de l'île. Je n'avais aucun goût pour les études. J'étais le dernier dans presque toutes les matières. Les « normaux » me fichaient la paix, intimidés par ma carrure et horrifiés par mon visage. Assis au fond de la classe, j'occupais mon temps à observer leurs attitudes. Beaucoup essayaient de se mettre en valeur en donnant une image flatteuse d'eux-mêmes. Un tel faisait son important en répétant ce qu'il avait entendu à la télé. Une autre feignait d'écouter le cours pour avoir les bonnes grâces du professeur. La plupart me faisait pitié, parce qu'ils voulaient qu'on les prenne pour des élèves sages et attentifs alors que je les savais capables de cruautés. Moi, au moins, je montrais qui j'étais. Il faut dire qu'avec un œil aussi monstrueux, je pouvais difficilement passer pour un ange... Quand j'étais en colère, je montrais ma colère. Quand j'avais besoin d'être seul, je m'isolais. Quand j'avais envie de dire à quelqu'un ce que je pensais, je le lui disais en face. J'étais peut-être asocial, mais j'étais moi. Et ça, personne ne pouvait me l'ôter.

Un soir, ma mère m'a demandé d'apporter un poisson frais jusqu'à une vieille bicoque que je croyais abandonnée.

— Une femme et sa fille sont arrivées du continent, m'a-t-elle dit. Le mari est décédé et elles sont venues ici pour reconstruire leur vie.

J'ai pris mon vélo et j'ai apporté le repas. La maison était très délabrée. J'ai frappé et une dame d'une cinquantaine d'années m'a ouvert. Elle a eu un pas de recul en découvrant mon visage.

— C'est pour vous, je lui ai dit en tendant le poisson. Mon père est pêcheur.

Je l'ai sentie très touchée.

— Tu remercieras tes parents. Entre, tu ne vas pas repartir comme ça. Je te présente Anastasia, ma fille. Elle vient de trouver un travail de serveuse dans un restaurant de Vathi.

— Bonjour.

— Bonjour.

Ce furent les deux seuls mots échangés avec Anastasia ce soir-là. Mais ce ne furent pas les derniers. Je la retrouvais parfois dans le car qui me ramenait le soir du collège. Cela dépendait de ses horaires de travail. J'avais hâte que les cours se terminent pour savoir si je ferais le voyage avec elle. Quand c'était le cas, je m'asseyais à son côté et nous parlions des stars dont elle suivait les frasques dans les magazines. J'aurais discuté de n'importe quel sujet du moment qu'elle acceptait ma compagnie. Arrivés à Stavros, nous allions à l'épicerie, et je l'aidais à porter jusqu'à son domicile les lourds sacs de courses dont elle et sa mère avaient besoin. Un soir, avant de me quitter, elle m'a même souri en caressant ma joue avec sa main. Je n'en ai pas dormi de la nuit ! Je croyais qu'elle m'appréciait et que je pourrais devenir son petit ami. Bizarrement, au bout de deux mois, elle a cessé de me parler. J'ai mené mon enquête et j'ai découvert qu'elle sortait avec Makis, le fils du garagiste. En somme, elle s'était servie de moi pour transporter ses sacs... Meurtri, j'ai juré de ne jamais plus me faire avoir.

La veille de la Toussaint, un imbécile nommé Yorgos n'a rien trouvé de mieux pour faire son malin devant les filles que de crier haut et fort :

— Alexandros n'a pas besoin de déguisement pour Halloween. Moche comme il est, il peut effrayer n'importe qui.

Le silence est tombé d'un coup. Tout le monde dans la cour a vu mes yeux rougir. Je me suis rué sur Yorgos, je l'ai soulevé tel un vulgaire sac de pommes de terre, j'ai tourné sur moi-même plusieurs fois pour prendre de l'élan et je l'ai balancé par-dessus le grillage du collège. Il a chuté lourdement sur le talus et s'est relevé en hurlant de douleur avec une épaule démise et trois côtes brisées.

Le jour même, ses parents ont porté plainte. Je suis passé en conseil de discipline et, malgré la défense de quelques professeurs, j'ai été expulsé du collège. Motif : *comportement dangereux à l'égard de ses camarades.*

— Quels camarades ? ai-je demandé, surpris. J'ai des camarades ici ?

Banni des cours, j'ai terminé l'année livré à moi-même. Tandis que les autres étudiaient, je rejoignais seul la plage brûlante du port de Polis, la mer enivrante, les rochers endormis et les lézards paresseux. Souvent, je grimpais jusqu'aux ruines du palais d'Ulysse. J'adossais mon corps d'athlète aux pierres et je m'imprégnais de leur force. Je fermais les yeux et j'imaginais mon héros combattant avec son glaive et son bouclier d'airain. Mon prénom *Alexandros* était prémonitoire : la guerre m'attirait.

Chaque fois qu'une frégate militaire accostait au port de Vathi, je m'offrais une visite du navire. Je restais en admiration devant les canons et les mitrailleuses. Un jour, des marins bienveillants m'ont proposé de visiter les machines. Nous avons sympathisé. Si ma puissance physique les impressionnait, la difformité de mon visage les intriguait.

— Tu es laid, m'a dit l'un d'eux, l'haleine chargée d'alcool. Et alors ? Chez nous, seule compte la bravoure.

De retour à la maison, j'ai pensé : *Si j'incorpore l'armée, je serai accepté tel que je suis.*

Pour occuper mes journées, mon père m'a proposé de l'accompagner à la pêche. Je me souviens de ma toute première sortie : je me suis réveillé avant l'aube, les yeux ensommeillés. Nous avons appareillé en même temps que trois autres bateaux avant de nous disperser dans le chenal. Les vagues m'éclaboussaient en s'écrasant contre la proue. J'ai rejoint la poupe pour m'attarder sur les paysages abrupts qu'offrait la côte occidentale d'Ithaque. Les versants sombres et épineux étaient mouchetés de rocailles blanches. J'attendais le moment décisif où le soleil surgirait au-dessus des sommets. Le spectacle était grandiose.

— Le chenal a gardé sa beauté naturelle, m'a confié mon père en arrêtant le moteur. Rien n'a changé depuis l'époque d'Ulysse.

Nous sommes restés silencieux face aux montagnes où s'agrippaient, jadis, des maisons antiques.

— À ton âge, a-t-il continué, je me prenais pour Ulysse. J'affrontais les Troyens aux côtés d'Ajax et d'Achille. Je parcourais les mers et j'abordais des îles plus terribles les unes que les autres. Un jour, j'ai rencontré ta mère. Les îles sont devenues ses yeux, la terre son corps, les algues ses cheveux. Des étoiles de mer poussaient chaque jour dans son regard. J'ai décidé de l'épouser et de rester auprès d'elle.

— Tu ne regrettes pas tes rêves d'aventures ?

— Parfois oui. Mais grâce à mon métier, je quitte l'île presque tous les jours sur un bateau nommé *Liberté* !

Nous avons mêlé nos rires. Le soleil s'élevait au-dessus de la montagne Nérite quand il m'a posé cette question embarrassante :

— Es-tu déjà sorti avec une fille ?

J'ai détourné sèchement la tête comme s'il avait brûlé mon âme. Il a ajouté :

— Ce que je vais te dire va peut-être te surprendre : les femmes sont les gardiennes de grands secrets, peut-être plus importants que ceux qui attendent les hommes au-delà de l'horizon. La naissance, par exemple. Par quel mystère parviennent-elles à donner la vie ?

Je l'ai observé, surpris. Il m'a demandé :

— Te souviens-tu quelle étoffe précieuse tissait Pénélope en attendant Ulysse dans l'*Odyssée* ?

— Non.

— Elle tissait le linceul qui devait accueillir le corps de son beau-père après son décès.

— Pourquoi me dis-tu ça ?

— Parce que les femmes sont à l'origine et à la fin de tout. Leur corps est la matrice de la vie, et les tissus qu'elles conçoivent enveloppent les morts. Homère et nos ancêtres le savaient. Ne l'oublie jamais.

Je l'écoutais en pensant à ma mésaventure avec Anastasia. J'ai simplement rétorqué :

— Les femmes savent aussi mener les hommes en bateau.

Ce à quoi il n'a pas répondu. J'en voulais toujours à Anastasia de m'avoir laissé espérer. Je me suis penché au-dessus du bastingage et j'ai croisé le reflet de mon visage. Que j'avais été niais ! Comment avais-je osé imaginer qu'une fille puisse s'éprendre d'un garçon aussi laid que moi ?

Chapitre 3

J'ai appris de mon père comment observer le ciel et la mer pour anticiper le moindre danger, comment me méfier du zéphyr, le vent de nord-ouest, qui de tout temps drosse des bateaux sur la côte. J'aimais le retour au port, les conversations animées avec les autres pêcheurs, la bousculade des chats pour chiper quelques entrailles de poissons.

Le vieux propriétaire de l'unique café de l'anse est appelé Diogène[1]. C'est un surnom gentiment ironique car, contrairement au célèbre

1. Diogène était un philosophe de l'Antiquité. La légende dit qu'il habitait dans un tonneau. À Alexandre le Grand qui lui demandait ce qu'il pouvait faire pour lui, Diogène lui avait simplement répondu : « Ôte-toi de mon soleil. »

philosophe, il ne supporte pas le soleil. Du coup, il tient à l'arbre qui ombrage son café comme à la prunelle de ses yeux. Ses soixante ans ne l'empêchent pas de courser les garnements qui s'amusent à tester le tranchant de leurs canifs sur son tronc. Nul ne sait s'il possède vraiment le bout de terrain où il dort et travaille. Peu importe. Pour moi, il est là de toute éternité avec son chapelet entre ses mains. Il était présent quand j'ai découvert pour la première fois la mer. Il a assisté à mes premières tentatives de nage. Il m'a laissé en paix quand je recherchais la solitude.

Démosthène, Dimitriou et Kostas, les propriétaires des trois tavernes de Stavros, attendent chaque jour le retour des pêcheurs, assis à la terrasse du vieil homme. Dès que les caisses atterrissent sur le quai, ils s'arrachent nos prises à corps et à cris. C'est toujours les mêmes marchandages, les mêmes reproches, les mêmes fausses disputes. Mais qui s'en lasserait ? En général, ces joutes finissent chez l'un des trois, devant un poisson mariné dans l'huile d'olive et agrémenté de petits raisins.

Pendant deux ans, mon père m'a appris à piloter en évitant les hauts fonds, à apprivoiser les courants qui enflent et à amarrer le bateau au port sans égratigner la coque. Je retenais tout ce qu'il m'enseignait, persuadé que cette expérience jouerait en ma faveur lorsque je ferais ma demande pour servir dans la marine nationale. Car mon esprit était tout entier tourné vers ma future carrière militaire. Mon enthousiasme était tel que j'ai demandé un jour à mon père de me laisser partir seul en bateau pour un petit aller-retour dans le chenal. Je voulais ressentir le plaisir d'être maître du *Liberté*. Il a accepté. Dès le lendemain matin, j'étais à pied d'œuvre. Mes parents m'ont accompagné jusqu'au quai. J'ai appareillé, les laissant tous les deux avec leurs inquiétudes. Une flopée de mouettes rieuses volait dans mon sillage pour saluer cette première escapade. J'ai respiré l'air à pleins poumons et j'ai chanté à tue-tête un hymne à la mer que mon père m'avait appris. Je touchais à la vraie vie. Une demi-heure plus tard, je suis rentré au port le cœur rempli d'orgueil. Diogène m'a offert un café frappé avec sucre et sans lait. Ma carrière de navigateur débutait sous les meilleurs auspices. Rien, absolument rien ne laissait présager le drame qui allait suivre.

Un matin, alors que nous pêchions dans un secteur plus éloigné qu'à l'accoutumée, j'ai remonté dans les filets une très vieille médaille accrochée à une petite chaîne. Elle avait le diamètre d'une montre, et une de ses faces laissait deviner le profil d'un homme barbu aux cheveux bouclés. J'ai montré cette prise étonnante à mon père.

— Ulysse... a-t-il dit d'une voix tremblante. C'est un portrait d'Ulysse.

J'étais médusé. Il reprit :

— Alexandros, il faut que tu rejettes cette médaille.

— Pourquoi ?

Il a désigné le fond de la mer.

— Ton grand-père me disait toujours de rejeter les objets que je pêchais.

— Mais c'est une médaille antique. Elle doit être rare.

— Personne ne sait d'où elle provient. Elle a sommeillé pendant des siècles dans les profondeurs. Elle a attendu en silence que son heure arrive. Les courants marins l'ont traînée. Nos filets l'ont remontée à la lumière. Qui sait si, en étant frappée par les rayons du soleil, elle n'a pas réveillé de sombres souvenirs ?

Il a déposé la médaille dans ma paume en insistant :

— Rejette-la. Ça vaudra mieux.

Puis il a rejoint la cabine. Resté seul, j'ai observé mon précieux trophée. Pourquoi m'en séparer ?

Moi, Alexandros, je n'avais pas peur de vieilles superstitions. Ce pendentif représentait Ulysse, le héros de notre île ! Je l'ai glissé dans ma poche et j'ai lancé à la place une coquille vide. Mon père a cru que j'avais jeté la médaille. Le tour était joué. Mais mon sang s'est glacé quand j'ai aperçu dans l'eau deux yeux sombres qui pleuraient : les beaux yeux noirs qui hantaient depuis si longtemps mes songes.

Cette nuit-là, je me suis couché avec la médaille dans une main et l'*Odyssée* dans l'autre. Tantôt je lisais le livre, tantôt j'observais le visage d'Ulysse. La gravure me fascinait. Combien de temps avait-elle reposé au fond de la mer ? Qui l'avait forgée ? Je me suis endormi, la lampe allumée. Pendant mon sommeil, les yeux tristes de la mystérieuse jeune femme sont revenus me harceler. Ses lèvres répétaient des paroles confuses qui ressemblaient à de cinglants avertissements. Je me suis réveillé brutalement pour découvrir... que la médaille et l'*Odyssée* avaient quitté mes mains. En voulant les ramasser, j'ai trouvé des traces d'eau autour du livre. J'ai ouvert l'ouvrage et me suis aperçu que de fines gouttelettes perlaient et convergeaient vers la marge comme si elles sortaient de l'histoire. Le liquide était salé.

J'ai fixé la médaille, effaré. Était-ce elle qui avait ensorcelé l'ouvrage ? Mon père avait raison. Je n'aurais jamais dû la garder.

Je me suis levé et me suis habillé en catastrophe. J'ai pris le pendentif d'Ulysse et j'ai rejoint en pleine nuit le *Liberté* amarré au port. Dans sa cabane, Diogène poussait des ronflements à réveiller les étoiles. Ils ont été couverts par le bruit du moteur. J'ai guidé le bateau hors de la rade, aidé par le faisceau du projecteur. La brise froide gelait mon visage.

Il faut que je m'en débarrasse, me disais-je en observant la médaille accrochée à un clou de la cabine.

J'avais presque dépassé la pointe nord-ouest d'Ithaque quand le souffle ample de la Méditerranée m'a emporté. J'ai augmenté la puissance des moteurs pour affronter les courants forts. Parvenu suffisamment loin des côtes, j'ai arrêté le *Liberté.*

Soudain, une force a possédé mon bras, m'obligeant à saisir la médaille. J'étais épouvanté. Impossible de contrôler mon corps.

Porte-moi... a résonné une voix.

Impuissant, j'ai vu mes doigts écarter la chaîne et la laisser retomber autour de mon cou. Quand le pendentif a touché ma poitrine, un grondement lointain a retenti. Une brise a soulevé mes cheveux, et mes jambes m'ont obligé à me retourner. Mon cœur s'est arrêté : près du bateau se formait un gigantesque siphon. Les eaux disparaissaient, englouties par un œil noir. J'aurais voulu atteindre la radio pour envoyer un SOS, mais mon corps ne m'obéissait plus. À mesure que l'œil approchait, le froid m'envahissait. Le bateau était ballotté dans tous les sens. J'allais être englouti, moi aussi. Tout d'un coup, je me suis affaissé et ma tête a heurté la barre...

Chapitre 4

Réveillé par les cris des mouettes, j'ouvris les paupières. Longtemps j'attendis avant de soulever ma nuque engourdie. J'étais toujours sur le *Liberté*. À mon cou pendait la médaille par laquelle tout était arrivé. Je voulus l'ôter. En vain. Le métal semblait aimanté à ma poitrine. Autour de moi s'étendait un paysage surréaliste : le bateau flottait tranquillement dans des eaux peu profondes, turquoise, à une cinquantaine de mètres d'une plage ambrée avec des nuances d'or.

— Ohé ! Il y a quelqu'un ?

Silence. Où étais-je ? Le ciel était d'un bleu sombre, océanique, parcouru de nuages étirés ressemblant aux veines d'un marbre poli. Rien à voir avec le ciel clair, infini d'Ithaque. Le soleil était invisible. Tout au plus le devinait-on derrière le coton des nuées. Je me souvins d'une lumière identique lors d'une éclipse presque totale du soleil. Le monde s'était assombri alors que les plantes et les objets luisaient d'un feu inhabituel. J'observais avec effroi la médaille collée à ma poitrine. Où m'avait-elle conduit ? Mon premier réflexe fut de gagner la cabine pour tester la radio. Les voyants s'allumèrent, mais je ne captai rien. Pas une voix, pas même un crépitement. Seulement le silence. Angoissant.

Une montagne striée de sentiers se dressait au-dessus de la plage. Il me fallait trouver les habitants. Ils me diraient quelle côte j'avais abordée. Je jetai l'ancre et rejoignis le rivage à la nage. À peine sorti de l'eau, je m'agenouillai sur le sable et soulevai une poignée de grains. Jamais je n'en avais vu d'aussi fins, d'aussi lumineux. De la poussière d'étoiles. Sur quel territoire avais-je échoué ?

Grimper... grimper sur les chemins abrupts pour dénicher une âme, un berger, un paysan.

J'avalai les lacets et parvins à un promontoire cerné de chênes et de pins. Les nombreux excréments jonchant le sol prouvaient que des moutons avaient l'habitude de se grouper là. Je repérai un énorme rocher encastré dans la montagne.

Il semblait obstruer une entrée. Sa hauteur atteignait cinq fois ma taille. Ceux qui l'avaient installé ne s'étaient pas inquiétés de son ajustement, car des espaces permettaient à un homme agile de se faufiler. Je m'en approchai, penchai la tête par un trou et entrevis une grande caverne sombre avec un foyer central. Aucun occupant... Je décidai d'entrer. La fraîcheur me cueillit dès mon premier pas. Mes yeux s'habituant peu à peu à la pénombre, je distinguai de grands pieux délimitant un enclos. Plusieurs brebis et quelques chèvres y sommeillaient, tandis que les flammes de l'âtre léchaient les flancs d'une grosse marmite. Les agneaux et les chevreaux avaient été séparés des adultes et parqués dans des stalles. Sur des claies reposaient de grands fromages. Sans doute effrayée par ma présence, une brebis bêla et entraîna avec elle tout le troupeau. De puissantes secousses ébranlèrent soudain le sol. Le rocher du seuil bascula et deux ombres gigantesques apparurent. Je n'en croyais pas mes yeux ! Deux géants ! Ou plutôt... un géant et une géante aussi hauts qu'un chêne. Mon crâne arrivait à peine à la hauteur de leurs cuisses. Je reculai au fond de la grotte.

Je veux me réveiller ! Je veux me réveiller !

Mes implorations furent vaines. La géante

avança vers moi d'un pas pesant. Des peaux de mouton couvraient ses hanches et ses seins étaient lourds. Ses longues mèches crasseuses étaient hérissées de brindilles. Elle se pencha, et son visage éclairé par l'âtre me plongea dans l'horreur : un œil unique, énorme, luisait au milieu de son front.

— L'heure de la vengeance a sonné ! se réjouit-elle.

L'autre, dans son dos, ajouta :

— Je vais enfin retrouver la vue. Koras m'avait bien dit d'être patient.

— C'est la fin de ton calvaire, Polyphème.

Polyphème ? J'avais entendu... Polyphème ? L'ogresse plongea ses énormes mains dans ma direction. J'essayai de repousser ses doigts de toutes mes forces, mais elle réussit à m'attraper par un pied et à me soulever de terre.

— Laisse-moi ! lui ordonnai-je en gigotant comme un ver.

— Te laisser ?! s'esclaffa la géante. Tu entends, Polyphème ? Il veut qu'on le laisse.

— Je dévorerai bientôt ta chair, ricana le Cyclope. Supplie les dieux d'abréger tes souffrances.

Il approcha son visage pour me renifler. Il avait un trou à la place de son œil.

— Il porte bien la médaille forgée par Poséidon, nota l'ogresse.

— Posez-moi à terre... criai-je en voulant me libérer.

La géante m'envoya un grand coup sur le crâne. Puis elle bloqua fermement ma tête dans sa paume et m'examina à la lueur de l'âtre.

— L'un de ses yeux est déjà bien gros, s'exclama-t-elle. Il suffira à notre sorcier Koras d'accélérer sa croissance pour qu'il s'adapte exactement à ton orbite. Tu seras alors vengé du mal que t'ont fait les humains, mon doux Polyphème.

Je me contorsionnai et frappai le bras de l'ogresse.

— Il est nerveux, s'agaça la géante.

— Humain, ton sort est scellé, m'avertit Polyphème. Ceux de ton espèce m'ont aveuglé et m'ont laissé dans d'horribles souffrances. Tu vas payer pour leur crime. Demain, on arrachera ton œil et on le greffera dans mon orbite pour que je voie de nouveau. Après, on arrosera le sol avec ta cervelle et on se repaîtra de ta chair !

La tête à l'envers, je priai :

Réveillez-moi, mon Dieu... Réveillez-moi !

Les monstres me jetèrent dans un trou qu'ils obturèrent par une grille. Avec l'énergie du désespoir, je me lançai contre les barreaux et tentai de les rompre. En vain... Le métal était bien trop solide. Je me répétais que j'étais dans un cauchemar. Mais si c'était le cas, pourquoi ne parvenais-je pas à me réveiller ? Les recommandations de mon père me revinrent en mémoire. J'aurais dû l'écouter. Pourquoi ne m'étais-je pas débarrassé de la médaille ? Elle m'avait conduit en enfer.

Tandis que la géante trayait les chèvres et les brebis, Polyphème attendait, assis près du feu. Il était vêtu d'un pagne en peau de bête. Une barbe noire, hirsute, recouvrait ses joues.

— J'ai fini de traire, annonça soudain sa femme.

Elle écarta les bêtes et fit rouler la cruche près du feu.

— C'est une grande journée, se réjouit Polyphème. J'ai hâte d'être à demain.

— Je partirai dès l'aube, déclara l'ogresse. Le chemin jusqu'à la caverne de Koras est long.

Elle plongea une petite casserole dans le grand pot et la remplit de lait.

— Tiens... Bois ça pendant que je prépare l'agneau.

Polyphème trouva le récipient à tâtons et porta le breuvage à sa bouche. Tandis qu'il buvait, je lus les mots inscrits sur l'ustensile : *Marine Nationale Grecque*.

— Qu'est-ce que tu as ? s'énerva l'ogresse en remarquant ma stupéfaction. Tu n'as jamais vu une casserole ?

Elle se leva et me fit signe de reculer dans mon trou.

— Tu es trop curieux, gronda-t-elle. Je ne veux plus te voir.

Tandis que la géante cuisinait, je tentai de mettre de l'ordre dans mon esprit.

Des objets modernes ont échoué sur cette île, me dis-je. *Alors ce monde serait relié au nôtre...*

Quand il eut fini son repas, Polyphème marcha à quatre pattes pour se glisser sous une gigantesque peau de bélier. Sa femme prit soin de fermer la grotte à l'aide du rocher, puis elle rejoignit Polyphème dans leur couche. J'entendis des rires. Je voulus profiter de leurs ébats pour tester une nouvelle fois les barreaux, mais la grille était solidement ancrée dans le sol. Aux ricanements se sont succédé des paroles confuses et des grondements. Je perçus le raclement d'une cruche et le clapotis d'un liquide. Du vin ! Les deux géants s'enivraient.

— Demain... je retrouverai la vue, se réjouissait le Cyclope.

— Oui... mon trésor, répondait l'ogresse. Tu retrouveras... ton visage d'antan.

Elle rit en ajoutant :

— Un beau visage grâce à cet humain. Nos voisins n'auront plus qu'à se taire... eux qui se moquent de toi depuis si longtemps.

— Polyphème... retrouvera sa dignité !

— Il faudra payer grassement Koras, soupira la géante. Au moins dix brebis et autant de chevreaux.

— Tout ce qu'il voudra, s'exclama Polyphème. Ma vue n'a pas de prix. Je vais enfin revoir le bleu du ciel, l'écume de l'océan... la laine de mes moutons... les flammes de notre âtre. Mais surtout... je veux revoir ton bel œil briller, ma femme. Je veux revoir ton désir luire dans ta pupille.

— Lâche-moi ! gronda la géante.

Elle se leva et rejoignit en titubant un coin de la grotte. Je l'aperçus soulever un couvercle et plonger sa main dans un trou. Une musique grésilla soudain dans l'obscurité. Je n'en croyais pas mes oreilles : je reconnus une vieille chanson populaire de notre pays.

— Viens, Polyphème, dit-elle en saisissant sa main. Viens...

Leurs deux silhouettes se dressèrent et ils dansèrent autour du feu, pareils à deux ours patauds.

Ils ont récupéré un lecteur de CD ? me dis-je,

estomaqué. *Branché à quoi ? À une batterie ? Si je parviens à atteindre la caisse, peut-être y trouverai-je de quoi me défendre ?*

Je tentai encore de desceller un barreau, sans succès. Les deux Cyclopes, vaincus par l'alcool et la fatigue, s'étaient effondrés sur le sol depuis longtemps quand retentit au fond de ma prison :

— Tu es dans de beaux draps !

Surpris, je me retournai.

— C'était amusant de te voir frapper ces géants. On aurait dit un nain s'acharnant sur des éléphants en les tapant de ses petits poings.

— Qui êtes-vous ? demandai-je en cherchant dans la pénombre.

— Il faut que tu comprennes que la force de tes muscles ne peut pas tout, Alexandros. Tu n'es plus sur ton île, et tes ennemis ne sont plus des garçons que tu pouvais impressionner par ta carrure. Ici, tes ennemis font partie des êtres les plus redoutables que la Nature ait engendrés : les Cyclopes.

— Qui êtes-vous ? insistai-je. Montrez-vous !

Une lueur bleutée apparut au fond du trou.

— Je m'appelle Métis.

— Métis ?

— Je suis la mère d'Athéna et j'ai jadis été dévorée par Zeus.

— Je... je ne vous crois pas.

— Alors tant pis pour toi. Je te laisse à ton sort.

— Attendez ! Vous pouvez m'expliquer... ce qui se passe ? Est-ce que je rêve ? Est-ce que...

— Tu ne rêves pas, humain. Tu as franchi la frontière entre ton monde et le nôtre.

— Vous voulez dire... que je suis... vraiment... dans le monde des dieux ?

— La médaille que tu as pêchée a été ensorcelée par Poséidon. Tu es là pour rendre à son fils Polyphème l'œil qu'Ulysse lui a jadis crevé. Ainsi laveras-tu l'affront fait aux Cyclopes.

— Mais je n'y suis pour rien... Je m'appelle Alexandros Helias et...

— Et tu es né à Ithaque, n'est-ce pas ? Tu es donc un descendant d'Ulysse ou bien un descendant de ses sujets.

La stupeur m'envahit.

— Alors... ma malformation, mon œil horrible...

— Tout ceci était programmé. Les dieux l'ont voulu ainsi.

J'ai cru défaillir. *Les dieux l'ont voulu ainsi.* J'étais né sous une mauvaise étoile, la pire qui soit, victime expiatoire d'un règlement de comptes vieux de plus de trois mille ans !

— Je ne veux pas mourir !

La déesse s'esclaffa.

— Voilà très longtemps que je n'avais pas entendu cette supplication, lâcha-t-elle. Votre mortalité vous rend touchants, humains.

— Aidez-moi !

— Je suis venue pour cela. Ma fille Athéna a jadis pris Ulysse sous son aile. Sans ses judicieuses interventions, votre héros ne serait jamais rentré chez lui. Je serai celle qui te sortira d'ici.

— Pourquoi ?

— Parce que j'ai moi-même un différend à régler avec les Cyclopes. Si je pouvais contrarier leur vengeance, ma rancune serait apaisée. Vois-tu, Alexandros, vos poètes m'attribuent comme vertus l'intelligence et la ruse parce que j'ai su échapper de nombreuses fois aux assauts de Zeus. Ce sont des qualités qui te font cruellement défaut, mais je peux t'aider si tu m'écoutes.

Mes yeux s'habituèrent à sa lueur, et je devinai Métis recroquevillée sur elle-même. Étrange attitude pour une déesse... Était-ce parce qu'elle était restée longtemps dans le ventre de Zeus ?

— J'écoute, consentis-je.

— Tu parviendras à sauver ta vie en utilisant ton esprit. Tel un certain Ulysse. Tu me suis ?

— Oui.

— Alors écoute bien mes trois conseils : quand

tu te réveilleras, demain, ramasse deux cailloux et observe bien le plafond de ton cachot.

— Le plafond ? Pourquoi ?

— Tu comprendras. Jette ensuite une pierre sur Polyphème pour l'énerver et l'inciter à te corriger. Quand il demandera ton nom, réponds-lui « le Laid ».

— Le Laid ?

— Tu as bien entendu. Enfin, essaie de rejoindre le plus rapidement possible le rocher qui obture la grotte.

— Comment ?

Je ne pus la questionner davantage, car la déesse disparut.

Chapitre 5

L'aurore aux doigts de rose éclairait l'entrée de la grotte lorsque je sortis de mon sommeil. J'étais toujours dans mon cachot. Je repensai en tremblant aux paroles inquiétantes de la voyante que ma mère avait consultée après ma naissance. Était-ce la malédiction des dieux qu'elle avait vue planer sur ma vie ?

« Je pars chercher Koras », entendis-je soudain.

Je frottai mes yeux et reconnus l'ogresse s'approchant pour vérifier la solidité de mes barreaux.

— Prends garde à ce qu'il ne s'échappe pas, insista-t-elle.

Polyphème émit de vagues borborygmes. Une fois dehors, la géante ajusta le rocher pour obturer complètement la caverne. Une souris n'aurait pas pu sortir. Seule la lueur de l'âtre permettait désormais d'y voir clair. Le monstre se leva et avança avec précaution jusqu'au feu.

— Heureusement qu'elle prend soin de moi, mugit-il. Sinon, que serais-je devenu ? Sais-tu, humain, ce que c'est qu'être aveugle ? C'est croupir au fond de son trou et quémander sa nourriture comme un misérable. Mais maintenant, tout va changer. Notre sorcier Koras va me redonner la vue.

Il poussa un rire gras et ajouta :

—Vous autres humains n'êtes que des menteurs. Quand j'ai découvert Ulysse, jadis dans ma caverne, il m'a fait croire que son bateau avait été pris dans une tempête et projeté contre les rochers. Il cherchait à me duper pour voler mon troupeau. Voilà pourquoi j'ai dévoré quelques-uns de ses compagnons. Tu subiras le même sort tout à l'heure, une fois que j'aurai pris ton œil.

Le Cyclope savourait sa vengeance. Je devais coûte que coûte ouvrir la grille. Suivant le premier conseil de Métis, je ramassai deux pierres sur le sol et levai la tête pour observer le plafond de mon cachot. Je remarquai un creux dans la voûte.

— Si Ulysse t'a menti, lançai-je, c'est parce que tu n'es qu'une brute épaisse. Devant lui, tu as injurié les dieux. Et puis, tu as bafoué les règles de l'hospitalité. Il a bien fait de crever ton œil avec un pieu !

— Je sais ce que tu cherches à faire, répondit le géant en essayant de contenir sa colère. Tu veux me pousser à bout pour que j'ouvre ta prison et que je te corrige. Je ne le ferai pas parce que tu pourrais en profiter pour t'échapper.

Le Cyclope était moins idiot qu'il paraissait. Je devais agir vite, car sa femme n'allait pas tarder à revenir avec le sorcier.

— Réfléchis, le provoquai-je de nouveau. Si on te greffe mon œil, tu verras exactement comme moi. Et moi, je te vois comme un pauvre crétin. Tu auras honte de toi pour toujours !

— Tais-toi !

J'insistai :

— Avoue que tu t'es bien fait ridiculiser par Ulysse avec la ruse de Personne(1).

Sur ces mots, je jetai un de mes deux cailloux sur sa tête. Ce qu'avait prédit Métis se produisit : Polyphème sortit de ses gonds et se rua sur mon cachot.

1. Ulysse avait fait croire à Polyphème qu'il s'appelait Personne. Du coup, quand les amis de Polyphème lui demandèrent qui voulait le tuer, celui-ci leur répondit : « Personne. » Rassurés, les Cyclopes se retirèrent, et Ulysse put s'enfuir.

— Tu vas me le payer !

Tandis qu'il ouvrait la grille, j'enfouis le deuxième caillou dans ma poche et escaladai la paroi. Je parvins à atteindre le creux de la voûte et m'arc-boutai à l'intérieur. Polyphème tendit son bras velu et fouetta l'air pour essayer de m'attraper, sans songer à tâter le plafond.

— Où es-tu ? gronda-t-il. Où es-tu ?

Je réussis à libérer un de mes deux bras et jetai la deuxième pierre en direction des moutons qui dormaient dans la caverne. L'un d'eux se réveilla et se mit à bêler.

— Tu as réussi à sortir, crut le Cyclope. Par Poséidon, j'en étais sûr !

Il marcha à quatre pattes en écartant les bêtes. Ses grosses mains balayaient le sol en soulevant un nuage de poussière.

— Je connais ma femme. Elle a bien fermé l'entrée. Tu as peut-être franchi tes barreaux, mais tu ne pourras pas sortir de la grotte.

Pendant que le géant me cherchait sous ses moutons, je me laissai tomber sur le sol et m'extirpai de ma prison par la grille laissée ouverte. Je réussis à rejoindre un coin où étaient entassées les caisses provenant d'épaves.

— Je vais te broyer, hurlait le Cyclope en fouillant son troupeau.

Je dégageai un couvercle et vis un appareil électronique branché à deux enceintes. Un fil courait jusqu'à une vieille batterie posée près d'une deuxième caisse. J'ouvris cette dernière et tombai sur un stock de fusées de détresse. Hélas, elles étaient éventrées. Des rongeurs avaient dû les déchirer. J'inspectai rapidement les alentours. Pas d'armes, pas de couteaux, ni même de marteaux... Tous mes espoirs s'envolaient. Polyphème s'approchait de moi dangereusement, sciant l'espace de ses gestes aveugles.

— Je sais que tu es là, dit-il. Je te sens. Si je t'attrape, je t'arrache les deux jambes !

Je bondis par-dessus l'âtre pour échapper à ses mains. Au même moment, le géant se retourna.

— Tu es habile...

Je retenais ma respiration.

— Tu ne dis rien ?

Il se dressa sur ses jambes et enjamba les flammes. Je n'imaginais pas autant de souplesse de sa part. Je réussis à éviter ses moulinets et me faufilai *in extremis* sous les barrières de l'enclos. Essoufflé, Polyphème s'assit sur le sol et prit son mal en patience.

— Ce n'est pas grave. Je vais attendre ma femme et Koras. Ils sauront te dénicher.

Il tendit la main en direction du foyer et

chercha au milieu des braises la casserole à l'effigie de la marine grecque. Le lait trop longtemps chauffé était prêt à déborder.

— Par Poséidon ! s'énerva-t-il. À cause de toi, j'ai failli gâcher une partie de mon breuvage.

Il guida l'ustensile jusqu'à sa bouche, étancha sa soif, puis essuya ses lèvres d'un revers de main.

— Comment t'appelles-tu ? demanda-t-il brusquement.

Je repensai au deuxième conseil de Métis et répliquai ce qu'elle m'avait dit, sans savoir où cela me mènerait.

— On m'appelle le Laid.

— On t'appelle le Laid ? s'étonna Polyphème. Alors tu dois être vraiment affreux !

— Pas autant que toi ! rétorquai-je.

Je décidai de suivre le troisième conseil de Métis et rampai jusqu'à la pierre d'entrée en priant pour que les brebis ne bêlent pas à mon passage.

Le monstre, pendant ce temps, ironisait :

— Tu n'auras bientôt plus à te plaindre de ta laideur, humain. À moins qu'on soit moqueur dans le royaume des morts...

D'un rire mauvais, il répéta plusieurs fois :

— Le Laid... Le Laid...

Des pas lourds résonnèrent soudain à l'extérieur de la grotte. Je retins mon souffle.

— Ça y est ! Ma femme et Koras arrivent ! se réjouit-il.

Il se leva et leur hurla :

— Méfiez-vous en entrant. Le Laid s'est sauvé !

Blotti à côté de l'entrée, j'attendais que la pierre bascule. Polyphème, derrière le feu, trépignait d'impatience. Le rocher roula, et les immenses corps de la géante et de Koras apparurent.

— Que racontes-tu ? s'étonna l'ogresse en découvrant la casserole posée à côté de l'âtre. Le lait ne s'est pas sauvé.

Ils s'étaient avancés dans la caverne sans savoir que j'étais dissimulé près de l'entrée. La voie était libre ! Je sortis dans leur dos, en silence.

— Je ne parle pas du lait de la casserole, s'énerva Polyphème, je parle de l'humain qu'on a capturé !

Métis m'avait bien conseillé ! Une fois dehors, la clarté était si violente que je crus que mes yeux allaient s'enflammer.

Je dévalai le chemin par lequel j'avais escaladé la montagne, tandis que dans mon dos retentissait la fureur des géants. Ils enrageaient autour de la grotte, arrachant les buissons, décapitant les arbres touffus, fouillant les bêtes au poitrail laineux. Je courais dans la pente, manquant de déraper à chaque virage, quand je tombai sur deux jeunes Cyclopes qui remontaient de la plage.

— Un humain ? s'étonna l'un d'eux. Sûrement le marin qui a accosté avec le bateau. Il court comme un lapin !

Je ne leur arrivais pas plus haut que la ceinture, mais leur taille ne m'impressionnait pas. Je profitai de mon élan pour foncer et percuter le premier dans les jambes. Sous le choc, il perdit l'équilibre et bascula dans le ravin. Malheureusement, le second me bloqua et m'emprisonna dans ses bras. Il me souleva de terre en cherchant à m'étouffer. Impossible de me dégager ! À hauteur de son nez, je sentis son haleine fétide.

— Gigote, humain ! ricanait-il en me fixant de son œil globuleux. Je vais te réduire en charpie.

Tandis qu'il accentuait son étreinte, je réussis à dégager légèrement ma nuque. Cela suffit pour lui assener un violent coup de crâne dans l'orbite. Le jeune Cyclope, sonné, tituba et tomba à la renverse. Libéré, je courus jusqu'à la crique. À bout de souffle, je parvins sur le sable doré et puisai dans mes dernières ressources pour nager jusqu'au bateau. Je grimpai sur le pont, hissai l'ancre en toute hâte et me précipitai dans la cabine.

Pourvu que le moteur démarre ! Pourvu... Pourvu...

Rien. Pas le moindre frémissement d'acier, mais un hurlement effroyable qui ébranla l'île. Je levai la tête et aperçus deux colosses dévalant la montagne : la femme de Polyphème et Koras. La terre tremblait à chacun de leurs pas, et une avalanche de rochers roulait dans leur sillage. Ils allaient se jeter sur le bateau, s'acharner sur moi et m'écraser tel un moustique.

Parvenue la première sur la plage, la géante freina son élan et s'arrêta juste devant la mer. Koras, lui, entra dans les eaux en soulevant des gerbes d'écume. La puissance de l'impact provoqua un déferlement de vagues qui firent tanguer dangereusement le bateau.

Garder mon sang-froid... Tourner la clé.

Un claquement métallique retentit, suivi du ronflement du moteur. Le *Liberté* démarrait ! Heureusement, car Koras s'approchait à grandes enjambées dans les vagues prêt à me pulvériser. Le bateau fila vers le large, laissant le sorcier me maudire. Quand tout risque fut écarté, je ralentis et sortis de la cabine.

Revenu sur la plage, Koras vociférait aux côtés de l'ogresse, prenant les dieux à témoin que je serais bientôt capturé, éventré, dépecé.

Les deux jeunes Cyclopes que j'avais percutés sur le sentier se joignirent à eux en brandissant leurs poings.

— Vous vous fatiguez pour rien ! leur criai-je. Mon vrai nom est Alexandros et vous n'êtes pas prêts de me revoir !

Sans doute eus-je tort de manifester cette arrogance, car Poséidon pouvait encore intervenir... et ordonner aux vagues de me ramener vers l'île. Inquiet, je retournai à la cabine et lançai le moteur au maximum de sa puissance.

Koras, furieux, arracha soudain un roseau et le porta à sa bouche. Il cala ensuite un rocher sous son bras et disparut dans les vagues. Il essayait de me rattraper en marchant sous l'eau !

Polyphème apparut au même moment sur la corniche. Il tendit ses bras vers la mer et implora son père :

— Ô dieu coiffé d'azur, ô Poséidon ! S'il est vrai que je suis ton fils, empêche cet humain de retourner chez lui.

La mer grossit en quelques secondes et devint noire comme l'encre.

Le *Liberté* craquait de toute part. Des montagnes d'eau s'abattaient sur le pont. Les éléments se déchaînaient avec férocité, à croire que le dieu

Éole avait libéré d'un coup tous les vents. Jamais je n'avais vu un tel chaos. Je m'agrippai à la barre, guidant le bateau dans la tempête. Je crus plus d'une fois que ma dernière heure était arrivée, mais je réussis à tenir bon et à manœuvrer pour que Le *Liberté* ne sombre pas. Je restai maître du bateau jusqu'à ce que le sommeil m'emporte...

Chapitre 6

Quand je retrouvai mes esprits, ma peau était brûlante. Le soleil, malgré l'écran des nuages, avait grillé mon corps. Le bateau ne bougeait plus. Au prix de maints efforts, je réussis à me redresser. Le *Liberté* était échoué sur une plage bordée d'une forêt dense. Le métal froid de la médaille glaçait ma poitrine : je revis Polyphème, la caverne, mon évasion... Quel rivage avais-je atteint ? Étais-je de retour sur Ithaque ? Probablement pas. Le ciel était habillé de marbrures. J'envisageai le pire : le *Liberté* avait peut-être tourné en rond dans la tempête... pour revenir sur le rivage des Cyclopes.

La lumière déclinante annonçait le crépuscule. Avant que la nuit me piège, je décidai de confectionner une lance à l'aide d'un couteau laissé par mon père dans la cabine. Je sautai sur la plage, marchai jusqu'aux premiers arbres et atteignis l'un d'eux qui ployait sous de gros fruits jaunes. Ceux-ci étaient tendres et regorgeaient de vitalité. Leur jus n'évoquait rien de ce que je connaissais déjà. C'était un goût étonnant, à mi-chemin entre la figue et la grenade. Après m'être rassasié, je choisis une branche d'un bon diamètre sur un pin robuste et entrepris de la couper. Elle résista tellement que la lame du couteau se brisa. Je dus achever le travail en cisaillant les dernières fibres avec mes dents. Au moment où la branche rompit, une plainte déchirante surgit du tronc. J'attendis, inquiet, mais rien ne se produisit.

Par prudence, je décidai de passer la nuit sur le bateau. Je vérifiai l'état de la radio et essayai d'envoyer des SOS sur toutes les fréquences. Puisque les Cyclopes dansaient sur nos musiques et buvaient dans des casseroles de l'armée, j'avais peut-être une chance de contacter notre monde. Hélas, mes messages de détresse restèrent sans réponse. Découragé, je dressai un bilan de la situation.

Je suis peut-être victime d'un sortilège, me dis-je. *Un mauvais sort m'a fait croire à la réalité de l'île de*

Polyphème. Tout ceci n'est qu'hallucination. Métis n'a jamais existé. Les personnages de l'Odyssée sont imaginaires. Un tel monde ne peut exister. C'est impossible !

Je sortis de la .cabine, titubant, étouffant. Je levai mon visage vers la voûte nocturne et découvris une myriade d'étoiles. Pas des étoiles comme chez nous. Des étoiles à cinq branches parfaitement distinctes. Des étoiles de mer rayonnant une lumière mordorée. Je sautai du pont, atterris sur la plage et m'affalai sur le sable. Au même moment, une lueur déchira les nuages et éclaira juste devant moi un crabe retourné. L'animal se débattait, pitoyable combattant de l'inutile. Je levai les yeux et aperçus la silhouette d'une lune tentaculaire : une méduse céleste !

Je voulus hurler, mais ma gorge était nouée. L'astre s'éloignait en suivant une orbite hésitante. Je restai seul. Seul... c'est ce que je croyais. Car de la forêt me parvinrent des bruissements qui ressemblaient fort à des rumeurs, suivis d'un souffle. Quelque chose respirait derrière le rideau d'arbres. Je me redressai en un éclair et retournai sur le bateau où je sombrai dans le sommeil, vaincu par l'épuisement.

À l'aube, des grincements et des cliquetis me

réveillèrent : des centaines de crabes grouillaient sur le pont. Paniqué, je saisis la branche que j'avais taillée et réussis à les rejeter tous à la mer. Ayant trouvé un deuxième couteau, je voulus le lier à l'extrémité de ma « pique » à l'aide d'une grosse ficelle. Maladroit, je me coupai la main entre le pouce et l'index et dus arrêter l'hémorragie avec un chiffon. Une fois la lance achevée, je décidai de sauter du bateau pour me réapprovisionner en fruits. Je venais d'atteindre la plage, éclaboussé par les vagues, lorsque dix loups aux yeux jaunes et trois lions à la crinière imposante sortirent du bois, juste devant moi. Mon sang se figea. Je reculai vers la mer. Les créatures me fixaient sans intervenir, se contentant de renifler mon odeur portée par la brise. Un lion ouvrit soudain sa large gueule :

— Jette ton arme. Nous ne t'attaquerons pas si tu nous suis.

Il parlait !

— Obéis avant que nous perdions patience, ajouta un loup.

Que pouvais-je faire ?

— Lâche ton arme ! ordonna de nouveau l'un des fauves.

Je déposai la lance sur le sable. Les bêtes s'approchèrent, m'entourèrent, puis me poussèrent vers la forêt. Les félins étaient en tête, tandis que la horde de loups fermait le cortège, grondant quand je traînais le pas. Des bêtes qui parlaient ! J'étais ensorcelé, j'en avais la preuve. Comment sortir de ce cauchemar ? Mes efforts pour détacher discrètement la médaille de mon cou n'aboutirent à rien.

Mes jambes étaient déjà fatiguées quand nous atteignîmes le sommet d'une colline. De là, je pus embrasser la totalité du paysage. J'étais sur une île.

— Sommes-nous sur le territoire des Cyclopes ? risquai-je.

Un lion se retourna.

— Marche !

Plus nous progressions, plus la forêt me paraissait « habitée ». Il m'était difficile d'expliquer cette étrange sensation, pourtant il me semblait que des êtres m'épiaient. Ce n'était probablement pas des oiseaux, car aucun chant n'égayait les arbres.

Les lions avançaient avec prudence comme s'ils craignaient le chemin qu'ils ouvraient. Les loups me serraient de près. Je les sentais inquiets, eux aussi, prêts à bondir. Pendant la marche, je notai l'étrange comportement des plantes. Des fougères se tournaient subitement vers moi, des feuilles s'envolaient et tourbillonnaient sans explication au-dessus de ma tête, des branches grinçaient. Nous parvînmes enfin au creux d'un vallon occupé par une épaisse chênaie. Derrière les arbres apparut un splendide palais aux murs de pierres lisses.

Chapitre 7

Les animaux me guidèrent sous un porche et m'entraînèrent dans une cour fleurie. Je pénétrai ensuite seul dans une salle aux parois ornées de fresques évoquant des pythons, des cerfs et des fauves. Entre deux décorations, j'eus la surprise de découvrir une pendule aux aiguilles immobiles. Elle portait sur son cadran la même effigie que j'avais reconnue sur la casserole de Polyphème : celle de la marine nationale grecque.

Soudain, une voix suave parvint à mes oreilles. Jamais je n'avais entendu refrain plus envoûtant, mélodie plus ensorcelante. Une femme chantait la perte d'un amour. Point de sanglots dans la voix mais la nostalgie d'une passion ardente. Je voulus savoir qui fredonnait et entrai dans une seconde salle au centre de laquelle une femme tissait. Sa grâce me subjugua. De longues tresses brunes serpentaient le long de son corps. Un pan de sa tunique brodée d'or tombait en cascade sur le sol. Elle interrompit son ouvrage dès qu'elle m'aperçut. Jamais je n'oublierai l'étoile lumineuse scintillant dans ses pupilles. Une inquiétude sourde assombrit soudain mon cœur. Elle claqua des doigts et quatre servantes apparurent, vêtues de tuniques aux teintes différentes.

La première était grande et fine. Ses cheveux avaient l'éclat blond de la lune. Ils ondulaient dans son dos jusqu'à la taille. Elle jeta sur les fauteuils de beaux tapis de pourpre.

La deuxième, rousse et malicieuse, sautillait comme un rossignol. Elle ornait les tables de corbeilles en argent.

La troisième, les cheveux châtains noués derrière sa nuque, entreprit de verser du vin dans les coupes.

La dernière avait le corps d'une adolescente, sa peau la blancheur de l'écume. Elle entra en dansant, sa longue chevelure brune voilant sa poitrine. Ses mouvements délicats dessinaient dans l'espace de subtiles arabesques. Sur sa tunique ondoyaient des reflets tantôt turquoise, tantôt émeraude.

Les yeux sombres de mes rêves, les yeux tristes entrevus dans l'eau le jour où j'avais pêché la médaille d'Ulysse... c'était elle ! Stupéfait, je restais à la fixer telle une statue. Dès qu'elle me vit, elle cessa de danser et m'observa, interdite.

— Kelya ! ordonna la femme qui tissait à mon arrivée. Cesse de rêver et prépare un bain pour notre invité.

La servante commença à remplir un grand chaudron. Ces gestes étaient maladroits : mon œil monstrueux devait la perturber. Je ne pouvais pas détacher mon regard de sa silhouette. Pourquoi l'avais-je croisée dans mes rêves ? Savait-elle quelque chose que j'ignorais ? Avait-elle cherché à me prévenir ? Sa maîtresse quitta son ouvrage, saisit une coupe vide et y prépara un breuvage. Le moindre de ses mouvements était empreint de noblesse.

— Sois le bienvenu, humain, déclara-t-elle.

Elle ajouta :

— Ton visage est étrange.

Je baissai les yeux, meurtri par sa remarque.

— Voici un breuvage qui étanchera ta soif.

Je la remerciai du bout des lèvres, pris la coupe et la vidai, un œil toujours sur Kelya. En levant le menton, je fis apparaître la médaille sur ma poitrine.

— Ulysse... murmura la femme d'une voix émue.

Elle tendit sa main et caressa le portrait du héros.

— Qui t'a offert cette médaille ?

— Je l'ai remontée dans mes filets.

— Dans tes filets ?

Elle ôta la chaîne de mon cou, le plus simplement du monde.

— Vous... l'avez enlevée...

Elle éclata de rire. Le retrait de la médaille ne changea rien à ma situation.

— Où suis-je ? demandai-je.

— Assieds-toi, répondit-elle en désignant un magnifique fauteuil orné de clous d'argent. Mon père est le Soleil, éclaireur des humains, et ma mère est Persé, la nymphe océanide. Tu es sur l'île d'Aiaié et je suis Circé.

Circé... me dis-je avec stupeur, *la magicienne qui a transformé les compagnons d'Ulysse en pourceaux ! Alors je peux m'attendre au pire...*

— D'où viens-tu ?

— D'Ithaque.

— Encore Ithaque ! Qu'ai-je donc fait à Zeus pour que s'échouent sur mes rivages les enfants de cette île ?

Kelya, la jeune danseuse, m'observait, inquiète, tandis que Circé poursuivait :

— Depuis quelques décennies, des caisses au contenu étrange s'échouent sur nos plages. Parle-moi de ton monde.

J'entrepris de satisfaire sa curiosité. Mon salut passerait peut-être par les réponses que j'allais lui offrir.

— Mon monde... expliquai-je. Mon monde a changé... depuis le passage d'Ulysse.

— Tes compatriotes sont-ils toujours aussi intrépides ? Sont-ils parvenus à dominer la Méditerranée ?

— Oui... enfin, pendant un temps. Après eux sont arrivés les Romains.

— Les Romains ?

— Oui. Rome a tout conquis. Après Rome, Constantinople a connu son heure de gloire. Puis les Turcs ont envahi notre pays.

— Les Turcs ?

— Des envahisseurs venus d'Asie.

Les servantes cessèrent leur activité pour s'asseoir aux côtés de leur maîtresse. Kelya portait désormais sur moi un regard compatissant.

— Ils nous ont fait beaucoup de mal, continuai-je en parlant des Turcs. On a réussi à nous en libérer il y a à peu près un siècle et demi. Plus tard, les Allemands nous ont envahis à leur tour pendant la Deuxième Guerre mondiale.

— Et aujourd'hui ? s'impatientait Circé. Qu'en est-il aujourd'hui ?

— On est dans de sales draps depuis la crise bancaire.

— La quoi ?

— Notre pays a des dettes et on n'est pas sortis de l'auberge. Mais bon... À part ça on a quand même été champions d'Europe.

— Champions d'Europe ! s'esclaffa la magicienne. Tu dois te tromper. Une protégée de Zeus n'a nul besoin de champion(1).

— Je voulais dire champions d'Europe de football en 2004 et de basket en 2005.

Devant son regard perplexe, je crus bon de préciser :

— Ce sont des sports collectifs. Il faut se transmettre un ballon et...

— Un ballon ? m'interrompit-elle. Seuls les chiens courent après les balles. Est-ce là une activité digne de guerriers ?

Une des servantes pouffa de rire.

— Regagnez vos ouvrages ! leur ordonna-t-elle.

1. Europe était à l'origine le nom d'une princesse phénicienne. Zeus l'approcha sous la forme d'un taureau et l'enleva. Elle enfanta trois fils dont Minos, roi de Crète.

Elle tourna autour de moi en examinant mon visage. Je devais être pour elle un spécimen incongru. Je devançai ses questions en précisant :

— Je suis né avec cet œil. Je suis laid, mais j'ai toujours su me faire respecter.

— C'est très bien. Il faut se battre pour préserver sa réputation.

Elle s'approcha et me demanda :

— Comment as-tu échoué sur mon île ?

Je lui racontai mon malheur : la pêche de la médaille au large d'Ithaque, l'échouage sur l'île des Cyclopes, les terribles intentions de Polyphème et de sa femme, les bons conseils de Métis, et enfin mon évasion avant d'arriver sur son île.

— Je ne suis pas étonnée. Poséidon cherche à venger son fils depuis qu'Ulysse l'a dupé. Je vais t'aider.

Quand elle entendit ces paroles, Kelya, affairée au-dessus du chaudron, se retourna et m'adressa ce que je pris pour un sourire de soulagement.

— Auparavant, poursuivit Circé, explique-moi comment tu t'es fait cette blessure à la main.

— J'ai voulu attacher un couteau à la pointe d'une branche, répondis-je.

— À la pointe d'une branche ?

— J'ignorais si j'étais revenu sur l'île des Cyclopes.

Alors je me suis fabriqué une arme avec la branche d'un arbre.

Le visage de la magicienne s'assombrit. Au même moment, le chaudron que remplissait Kelya bascula, répandant son contenu sur le sol.

— Maladroite ! explosa sa maîtresse. Tu n'as plus qu'à nettoyer.

La jeune servante me fixait avec un regard désespéré.

— Sors d'ici ! exigea Circé. Vous autres aussi. Laissez-nous seuls !

La magicienne s'empara d'une baguette et se tourna vers moi.

— Tu as mutilé un arbre de mon île, gronda-t-elle.

Elle me toucha en prononçant de funestes formules.

Grandit mon nez... S'étirent mes oreilles... Se soudent mes doigts...

— Tu croyais avoir atteint le sommet de la laideur, ironisa-t-elle. Détrompe-toi : il existe pire. Remercie les dieux d'avoir réveillé en moi le doux souvenir d'Ulysse, car dans ton malheur, je te laisse la parole... et une chance d'échapper un jour à ton sort. Elle me poussa hors du palais et m'enferma dans un enclos. J'attendis, seul, à moitié inconscient. Un rai de lumière jaillit soudain par un trou de la prison et tomba sur une bassine d'eau. Je penchai ma tête au-dessus de l'écuelle et poussai un cri : j'étais un pourceau avec un groin énorme, des oreilles velues et l'œil droit deux fois plus gros que l'autre ! Circé m'avait jeté le même sort qu'aux marins d'Ulysse. Je m'affalai sur l'herbe sèche et me mis à pleurer. Certaines images me revenaient. Je revoyais mon père, ma mère, mes sœurs tant aimés... Comment avais-je pu en arriver là ? Dans l'*Odyssée*, Ulysse avait échappé aux maléfices de Circé en mangeant une herbe de vie. Je n'avais pas eu cette chance.

La porte s'ouvrit brusquement et des rayons de soleil éclaboussèrent la geôle. La servante aux cheveux blonds apparut.

— Je vais te conduire dans l'étable, annonça-t-elle.

Elle me guida à l'extérieur par la peau du dos. La lumière du jour m'aveugla si violemment que je dus clore mes paupières.

— Tu vas retrouver d'autres pensionnaires, dit-elle en m'introduisant dans le bâtiment. Et tu seras nourri tous les jours.

Elle me fit entrer dans un enclos et ressortit en verrouillant le portail derrière elle. Le lieu fut aussitôt plongé dans une semi-obscurité. Je distinguai la silhouette d'un gros animal avachi dans un box jouxtant le mien. Il poussait de sinistres grognements. Avait-il subi lui aussi les sortilèges de la magicienne ?

— J'ai échoué sur une plage de l'Île, articulai-je en espérant qu'il comprendrait.

Aucune réponse. J'insistai :

— Peux-tu parler ?

La créature se leva péniblement et s'approcha des barreaux qui nous séparaient. Je découvris avec horreur une énorme tête d'hyène et un torse velu flanqué de deux ailes osseuses. Le monstre émit un grondement effroyable et se jeta de toutes ses forces contre la grille. À chacune de ses charges, les barreaux manquaient de rompre.

— Circé ! hurlai-je. Circé !

La bête allait parvenir à ses fins lorsque la magicienne aux longues tresses apparut, étincelante dans sa tunique brodée d'or.

— Des problèmes de voisinage ? demanda-t-elle sur un ton sarcastique. Je ne suis pas surprise. Ce monstre était autrefois un pirate sanguinaire.

— Ne me laissez pas avec lui. Il va me déchiqueter si...

— Assez ! ordonna-t-elle. N'as-tu pas toi-même torturé un de mes arbres ?

— Circé... Rappelez-vous : vous avez promis de me laisser une chance.

— Une chance ?

Elle explosa de rire. Puis, redevenant grave, elle maugréa :

— C'est exact. Tu dois ce privilège à mon amour pour Ulysse. Si tu veux quitter ton apparence, tu auras à résoudre une énigme.

— Une énigme ?

— Retiens-la, m'avertit-elle, car je ne la prononcerai qu'une seule fois : *Nous sommes plus de trente et habitons, en famille, une sombre habitation. La moitié d'entre nous loge à l'étage, l'autre réside au rez-de-chaussée. Quand nous nous retrouvons, c'est pour festoyer. Qui sommes-nous ?*

Je répétai consciencieusement ses paroles.

— Que les Muses te guident, conclut Circé en s'évanouissant dans l'obscurité.

— Tu as entendu ? demandai-je au pirate en agitant mon groin. Je te propose un pacte : si tu veux ne pas finir tes jours dans ce lieu sinistre, laisse-moi en vie. Quand j'aurai trouvé l'énigme, je jure que je ferai tout mon possible pour te sortir d'ici.

L'animal éructa si fort que je retournai sous la paille pour échapper à son haleine fétide. À mon grand soulagement, son corps s'affaissa et il sombra dans le sommeil. Je songeai à l'énigme que le Sphinx avait posée à Œdipe. Je me rappelai surtout mon échec quand mon père me l'avait soumise, et ce souvenir refroidit mes espérances.

— Métis, lâchai-je. Êtes-vous là ? Pouvez-vous encore m'aider ? Vous m'avez montré comment échapper aux Cyclopes en utilisant les ruses de l'esprit. Mais avec cette énigme... je me sens si impuissant.

Aucune réponse. Je devais m'en sortir seul.

Où était Ithaque, notre humble maison avec sa jolie pergola entourée de citronniers ? Et la petite place de Stavros où trônait le buste d'Ulysse ? Je pensais aux montagnes couvertes de pins, de cyprès, d'oliviers et de vignes, à l'église de mon village, ocre et jaune avec son toit rouge, à sa grande horloge fixée sur une des deux tours. Je m'imaginais entassant nos filets jaunes sur le quai au milieu des chats affamés. Je sentais l'odeur du pain frais qui pendait à notre grille tous les matins à l'intérieur d'un sac. Jamais mon île ne m'avait autant manqué.

Chapitre 8

Le lendemain matin, la porte de l'étable s'entrouvrit. Une silhouette apparut sur le seuil dans la lueur de l'aube. Sa tunique émeraude, aussi légère que la soie, flottait dans la brise. Elle entra, silencieuse, suivie d'une louve.

— Circé t'a-t-elle laissé l'usage de la parole ? demanda-t-elle en posant un panier devant mon enclos.

Je reconnus Kelya quand un rai de lumière éclaira son visage. Quelle déchéance ! Me présenter d'abord à elle avec un œil monstrueux et maintenant sous cette forme de cochon... Je ne voulais pas me montrer.

— Je sais ce que tu ressens, m'assura-t-elle. Mais ne crains pas mon regard. Voici Yshtar la louve, ma fidèle amie. Approche-toi, je voudrais te la présenter.

Je me dressai sur mes pattes et osai me faufiler jusqu'à elle. Mes moustaches frémissaient à travers la grille.

— Tu es une magicienne, comme Circé ? demandai-je.

— Je suis une nymphe et je danse pour le plus grand bonheur de ma maîtresse.

— J'ai vu tes yeux quand j'étais sur Ithaque, lui dis-je. Tu hantais mes rêves.

Kelya m'observait, surprise.

— Tu as vécu notre rencontre avant qu'elle se déroule, m'assura-t-elle. Peut-être as-tu entrevu mon regard parce que je savais qu'un enfant doté d'un œil énorme naîtrait un jour sur Ithaque. Je savais qu'il trouverait la médaille ensorcelée par le dieu de la Mer et que cette médaille le projetterait sur l'île des Cyclopes pour que leur vengeance soit assouvie.

— Qui te l'a dit ?

— Ulysse.

— Tu as connu Ulysse ?

— Il restera à jamais gravé dans mon cœur. Lors de son passage sur l'Île, il a parlé d'une malédiction jetée par Poséidon sur son peuple.

— Je veux sortir d'ici !

— Tu n'aurais pas dû blesser le pin du rivage, Alexandros. Ni lui, ni aucun arbre. Si tu t'étais abstenu, ma maîtresse aurait accédé à tous tes désirs.

— Je ne savais pas...

— Que les arbres pouvaient souffrir ? Ils sont les fruits de la Terre et du Soleil. Leur sagesse est subtile et leur sensibilité fine. Vous êtes sept dans cette geôle à avoir été punis pour votre barbarie.

Des yeux de Kelya émanaient fragilité et détermination, comme si la vie avait uni en un seul être la délicatesse d'une fleur et la dureté du cristal. Yshtar la louve s'approcha en reniflant dans ma direction.

— Sois heureux que les loups et les lions t'aient trouvé, déclara la bête, sinon la forêt t'aurait tué pour ton outrage.

Je m'affalai sur la paille.

— Je comprends ta douleur, me confia la nymphe en caressant mon crâne velu.

La louve saisit le panier entre ses crocs et apporta la nourriture aux autres prisonniers.

— Les loups et les lions qui t'ont escorté jusqu'ici étaient autrefois des humains. Ils étaient les compagnons d'Yshtar. Circé en a fait ses gardiens. Ils ont eu la chance de ne pas avoir causé de grands dommages aux êtres de l'Île, sinon ils auraient fini eux aussi enfermés dans cette étable. Dans l'enclos que tu aperçois là-bas se languissent un mouton et deux pourceaux, tous trois Égyptiens. Nous nourrissons aussi deux chevreuils, jadis Crétois. Je soulage leurs souffrances en joignant à leurs mets quelques paroles réconfortantes.

Elle tourna la tête en direction du monstre-pirate et me chuchota :

— Celui-ci est arrivé sur l'Île ivre mort. Vois-tu dans quel état il est ?... C'est le terrible sort que lui a réservé Circé.

— Kelya. Aide-moi à redevenir humain !

La servante baissa les yeux en signe d'impuissance. Puis elle me demanda :

— Comment s'écoule le temps dans ton pays ?

Je répliquai, énervé :

— Je te demande de m'aider, et la seule chose qui t'intéresse est de savoir comment s'écoule le temps en Grèce ?

— Prends garde, me prévint-elle. Mon cœur se détourne de ceux qui ne maîtrisent pas leurs paroles.

Elle s'apprêtait à sortir.

— Attends ! Je vais te répondre. Chez nous... le temps est précieux. On essaie d'en perdre le moins possible.

Kelya revint sur ses pas, s'agenouilla devant mes barreaux et me dit :

— Ici, tout est précieux. La fleur qui éclot, la goutte de rosée, le regard du cerf, l'araignée qui tend sa toile. Tout est précieux. Mais pas le temps.

Elle soupira.

— Pendant le séjour d'Ulysse, avoua-t-elle d'une voix douloureuse, un de ses marins, Elpénor, a perdu la vie. Il ne bougeait plus. Son corps était aussi froid que l'eau des torrents. La mort ressemble à un grand sommeil.

Je me souvenais du décès de ce guerrier évoqué dans l'*Odyssée*.

— Quand on disparaît, ajoutai-je en pensant à ma famille, on laisse les autres dans la détresse et le malheur.

La nymphe me tendit quelques fruits.

— C'est étrange, poursuivit-elle sur un ton de confidence. Je découvre que je suis heureuse de parler avec toi.

Elle sourit et toucha la pointe de mon groin à travers la grille. Un rayon caressa son corps. Ses cheveux étaient noirs comme le jais, sa peau, d'un blanc laiteux. Ses yeux étincelaient dans la pénombre comme deux étoiles.

— Quand es-tu né ? me demanda-t-elle.

— Il y a quinze ans. Et toi, quel âge as-tu ?

Elle rit avec l'éclat d'une cascatelle.

— Si chaque jour que j'ai connu se transformait en grain de sable, l'Île disparaîtrait sous une dune.

Elle prit soudain un air grave.

— Je m'ennuie dans ce palais. Circé prête de moins en moins attention à mes danses. Je crois qu'elle s'est lassée de moi.

Son regard triste se perdit dans ses souvenirs.

— Malgré son interdiction, me confia-t-elle, j'ai écouté les compagnons d'Ulysse quand ils parlaient autour du feu. Ils évoquaient leur patrie. Depuis, je ne cesse de penser à votre monde, aux enfants qui courent dans les maisons, aux fêtes et aux célébrations. J'aimerais participer à un anniversaire au milieu des rires.

Elle réfléchit et osa :

— Circé t'a accordé une chance pour briser son sortilège. Si tu réussis, m'emmèneras-tu avec toi ?

Je restai hébété.

— Tu voudrais... venir sur Ithaque avec moi ?

— Oui. Et demeurer dans ton monde, à tes côtés.

— Tu en es certaine ?

— Oui.

— Alors... peut-être...

— Circé devra accepter de me laisser partir. Je l'implorerai, décida-t-elle d'une voix ferme. Et si elle s'oppose, je m'enfuirai.

Elle se leva, chercha la louve des yeux.

—Yshtar ?! Nous devons retourner au palais.

Intrigué, je voulus lui poser une dernière question :

— Quand tu m'as vu dans le palais de ta maîtresse, tu n'as pas été choquée par...

— Par quoi ?

— Non... rien...

Cette première journée s'acheva sans que le monstre-pirate s'acharne sur les barreaux. J'en conclus qu'il avait compris le sens de mes paroles et qu'il ne tenterait rien dans l'espoir qu'un jour je le délivre. En tout cas, notre libération dépendait de la résolution de l'énigme.

Je pensais à Kelya, à sa demande suspecte. Elle m'avait vu dans le palais, elle avait réagi à la laideur de mon visage humain. J'étais certain d'avoir perçu du dégoût dans ses yeux quand nos regards s'étaient croisés la première fois. Alors pourquoi me faisait-elle croire qu'elle était prête à me suivre et à vivre avec moi si je résolvais l'énigme ? Était-ce un calcul ? Se disait-elle que c'était le seul moyen de quitter son monde ?

J'avais déjà été berné par Anastasia, et il était hors de question que cela se reproduise.

À l'instant où j'allais m'endormir, un faisceau de lumière traversa une fissure de l'étable et éclaira l'enclos du monstre avachi. Sans doute était-ce les derniers feux du soleil couchant. J'eus tout le loisir d'observer l'aspect de la créature. Ce monstre avait été un homme. Quels que soient les forfaits qu'il avait commis, son sort était effroyable. Encore plus effroyable que le mien. Il dormait au milieu de ses excréments, et ses ailes osseuses étaient couvertes de tiques.

— Je ne veux pas finir ma vie ici ! m'écriai-je.

La créature souleva péniblement une paupière, et je vis sa pupille humide encombrée de pus.

Kelya me retrouvait dans l'étable tous les soirs. Elle était d'une patience infinie et savait trouver les mots justes pour maintenir l'espoir. Très souvent, elle agrémentait ma nourriture et celle des autres pensionnaires de petits mets sucrés qu'elle glissait discrètement entre les barreaux. À chacune de ses visites, j'évoquais les idées qui m'étaient venues pendant la journée. Le rituel était toujours le même : elle posait son panier sur le sol et répétait avec moi les phrases de Circé :

Nous sommes plus de trente et habitons, en famille, une sombre habitation. La moitié d'entre nous loge à l'étage, l'autre réside au rez-de-chaussée. Quand nous nous retrouvons, c'est pour festoyer. Qui sommes-nous ?

Je pensais au début que la sombre habitation désignait une grotte, auquel cas la réponse pouvait être les Cyclopes (ces géants résident toujours dans des cavernes). Mais en écoutant ma proposition, Circé avait éclaté de rire.

Le pirate à tête d'hyène et aux ailes pelées passait ses journées à engloutir des glands. Certains jours, il s'agitait de tous les côtés comme si une mouche l'avait piqué. Il poussait des rugissements effroyables, se cabrait, ruait contre les grilles. Il devenait fou. J'angoissais à l'idée qu'il pouvait à tout moment fracasser les barreaux et me dévorer. Par bonheur, sa fureur ne se dirigeait jamais contre les montants qui nous séparaient.

Enfermé dans mon corps de pourceau, je ne voyais que très rarement la lumière du jour. Pour me dégourdir les pattes, je devais trottiner dans mon enclos. J'appris à me guider avec mon odorat, humant l'air vicié de l'étable, remuant la paille avec le bout de ma truffe afin de dénicher un gland, une faine ou une cornouille. Qu'Ithaque était loin...

De longs mois s'écoulèrent sans que je progresse dans la résolution de l'énigme, mais je ne désespérais pas. Renonçant à découvrir la *sombre habitation*, je m'étais engagé sur une autre piste, répertoriant toutes les familles nombreuses que je connaissais. *Plus de trente* individus, précisait l'énigme, *habitant* et *festoyant* ensemble. Ce pouvait être une assemblée de dieux, un clan d'humains, une horde de bêtes fantastiques, un groupe de mammifères, une nuée d'oiseaux, un nid grouillant de reptiles ou encore un banc de poissons. Les possibilités étaient infinies. Pendant des semaines et des semaines, j'ai soumis à Circé toutes les idées qui traversaient mon esprit. La magicienne me répondait à chaque fois par un soupir. Je suppliais Métis de m'aider comme elle l'avait fait chez les Cyclopes, mais elle n'apparaissait pas.

Je finis par perdre espoir, et le monstre-pirate, qui sentait mon abattement, devint de plus en plus nerveux. Si je m'étais habitué à son physique ingrat, à sa tête répugnante et ses ailes inutiles collées à ses flancs, il m'était en revanche insupportable de regarder ma propre image dans une bassine d'eau.

— Parle-moi de ton pays, de ta famille qui

espère ton retour, me demandait Kelya dans les moments difficiles.

Je pliais mes pattes et me couchais sur mon ventre. Des images surgissaient, d'abord fugaces, puis de plus en plus précises. Mes premiers souvenirs étaient un tourbillon de petits bonheurs. Je parlais de ma mère, qui avait toujours eu fort à faire entre l'éducation de ses enfants et l'entretien de la maison. Elle cultivait nos vies sur les flancs d'Ithaque, transformant notre propriété en un palais sûr, entre ciel et mer. J'évoquais Mélina, ma petite sœur : une sauterelle insaisissable. Ses taches de rousseur égayaient un visage aussi rond que la lune. Lydia, elle, ressemblait à un diamant noir avec ses silences oppressants. Je n'ai jamais osé franchir le seuil de son cœur. Nos deux vies glissaient l'une sur l'autre sans que ni elle, ni moi tentions quoi que ce soit pour nous rapprocher. Mon père nous embarquait parfois sur le *Liberté* pour rejoindre le petit port de Fiskardo, sur l'île voisine de Céphalonie. Si ma mère redoutait ces traversées, pour nous, enfants, c'était jour de fête. Je me souvenais de mes escapades solitaires sur la plage de Polis, des chansons que ma mère fredonnait à mes oreilles d'enfant. J'évoquais les soirées où mon père contait les aventures d'Ulysse, les chamailleries endiablées de Kostas,

Dimitriou et Démosthène. Mais mon humeur s'assombrissait dès que je repensais aux moqueries des jeunes concernant mon œil.

— Qu'as-tu ? s'étonnait Kelya. Des souvenirs t'attristent ?

— Je n'ai pas envie d'en parler. Je préfère t'entendre. Parle-moi d'Aiaié.

La nymphe fermait alors les yeux et me confiait ses précieuses sensations.

— J'aime l'Aurore aux doigts de rose qui embrasse chaque matin notre ciel. J'adore me baigner dans les eaux claires et turquoise. Filer sur l'eau telle une anguille et me laisser dériver... Aspirer la brume et la garder dans ma poitrine, me laisser couler jusqu'à ce qu'une main de feu me retienne, me hisse à la surface et embrase mon corps de mille flèches de lumière. J'aime caresser le poil soyeux du daim quand il se love au creux des vallons.

— Qu'est-ce que tu n'aimes pas ?

— Que les êtres que j'aime souffrent.

Quand Kelya quitta l'étable, je me blottis, fatigué, le plus loin possible de la grille qui me séparait du monstre-pirate. J'imaginais que je retrouvais mon apparence humaine et qu'elle et moi parvenions ensemble sur mon île. Je lui montrais notre maison, lui présentais mon père, ma mère, Lydia et Mélina. Mais tout cela n'était que fantasme. Si jamais par bonheur nous parvenions à rejoindre Ithaque, elle se débarrasserait de moi. Comme Anastasia.

Chapitre 9

Pendant quelques jours, une violente tempête se déchaîna sur Aiaié. Kelya ne put se déplacer jusqu'à notre geôle pour garnir les auges. Mon ventre criait famine et je n'étais pas le seul. Rongé par la faim, le monstre dévorait tout ce qu'il trouvait à sa portée. Le quatrième soir, il se jeta sur les barreaux qui me protégeaient. Jamais je n'ai passé une nuit plus effroyable. À chaque coup de butoir, je me voyais déchiqueté par ses crocs.

Le lendemain matin, la tempête s'apaisa. Tandis que le pirate épuisé s'endormait, un rayon de soleil éclaira sa mâchoire abîmée : certaines de ses canines n'avaient pas résisté à la dureté de la grille. Je dus supporter ce spectacle toute la matinée en attendant Kelya. Mais la nymphe n'arriva pas. Circé avait dû lui commander de remettre le palais en ordre après la tornade. Assis dans mon enclos, j'épiais chacun des soubresauts du monstre. Sa tête était réellement terrifiante : paupières fripées, museau écorché, gencives sanguinolentes, oreilles entaillées, narines coupées et tous ses crocs usés. Je pensais à mes propres dents qui, au fil des années, avaient combattu pour trouver leur place. Mes parents voulaient que je porte un appareil pour corriger ma dentition. J'avais refusé : il était hors de question que j'ajoute à la laideur de mon visage le spectacle d'une mâchoire bardée de fer. Rectifier quatre ou cinq dents n'aurait pas eu plus d'effet que la rénovation d'une clôture sur un château délabré.

Au moment où Kelya entra dans l'étable, une idée jaillit :

— Kelya, lançai-je, conduis-moi auprès de Circé.

— Et les glands que je t'ai apportés ?

— Donne-les au pirate. Emmène-moi tout de suite auprès de ta maîtresse.

La nymphe me libéra et m'entraîna jusqu'à la grande salle du palais.

— Circé, déclarai-je. J'ai une nouvelle réponse à vous soumettre.

La magicienne interrompit son tissage et observa ma tête de pourceau.

— Ce sera ta dernière chance, décréta-t-elle en reprenant son métier. Je suis lasse de tes échecs répétés.

Je respirai profondément et déclarai en articulant le plus clairement possible :

— *Nous sommes plus de trente et habitons, en famille, une sombre habitation. La moitié d'entre nous loge à l'étage, l'autre réside au rez-de-chaussée. Quand nous nous retrouvons, c'est pour festoyer.* Nous sommes... les dents.

Circé stoppa son ouvrage et se tourna vers moi.

— Comment as-tu trouvé ?

Je poussai un retentissant grognement de joie. Puis je lui expliquai le piteux état du monstre-pirate et la révélation soudaine que j'avais eue quand, pour vaincre l'ennui, je m'étais remémoré mes problèmes de mâchoire.

— Quand toutes nos dents sont sorties, nous en avons trente-deux, précisai-je. Seize en haut, seize en bas qui s'entrechoquent et broient pour *festoyer*.

Je craignis pendant un moment que ma victoire déclenche la colère de la magicienne, mais il n'en fut rien. Elle loua même ma persévérance.

— Je n'ai qu'une parole, déclara-t-elle. Tu retrouveras ton apparence humaine et tu quitteras l'Île sur le bateau qui t'a mené jusqu'ici.

— Circé, j'ai une faveur à vous demander. Si je n'avais pas observé le monstre, je n'aurais jamais trouvé la solution. Il m'a épargné pendant toute ma détention alors qu'il aurait pu me dévorer. S'il vous plaît, accordez-lui votre pardon.

— Sache que ce monstre a jadis éventré un de mes cerfs, m'éclaira Circé. C'est un pirate sans scrupule, ivre de meurtres. Il est hors de question que je le libère.

— Mais...

— J'ai décidé ! s'emporta la magicienne.

Je détournai la tête, meurtri par son refus, et croisai sur le seuil de la grande salle le regard éperdument heureux de Kelya. Elle aurait crié de joie si elle n'avait pas craint de froisser sa maîtresse. J'avais hâte de retrouver ma forme humaine.

Circé rassembla les loups et les lions, et les avertit qu'elle me conduisait jusqu'au bateau accompagnée de ses quatre servantes.

— Vous garderez le palais pendant mon absence, leur ordonna-t-elle.

Je sus plus tard que Kelya avait eu le temps de s'entretenir avec Yshtar. Elle lui avait révélé son désir de partir pour toujours. Ni l'une, ni l'autre ne savaient comment Circé réagirait. Elles savaient en revanche qu'en cas de réponse favorable elles ne se reverraient plus. Ainsi s'expliquaient les larmes que la nymphe et la louve tentaient de cacher au moment du départ.

La servante rousse m'affubla d'un collier et me tint en laisse tout au long du parcours.

— Ma maîtresse veut qu'on t'attache pour guider tes pas, me dit-elle, parce qu'au moindre écart dans la forêt, les plantes pourraient t'agresser. Elles n'ont pas oublié la mutilation que tu as infligée à l'arbre.

Son visage me rappelait celui de Mélina, ma petite sœur. Toutes deux avaient des taches de rousseur qui étoilaient leurs joues. Mélina... Que faisait-elle en cet instant ? Pourrais-je enfin la retrouver et la serrer dans les bras ?

Nous avancions en file indienne à travers la forêt dense. Je venais de franchir une épreuve difficile avec ma seule intelligence, sans l'aide de Métis. J'avais triomphé grâce à mon esprit et à ma perspicacité ! Nul doute : moi, Alexandros d'Ithaque, j'étais le digne héritier d'Ulysse !

Malgré mes petits yeux de pourceau, je parvenais à observer le comportement des plantes : tous les arbres se courbaient à notre passage, probablement pour témoigner leur gratitude envers Circé. La maîtresse d'Aiaié avait une parole tendre pour certains d'entre eux. Je l'entendais s'inquiéter sur la santé des plus âgés. Au détour d'une colline, elle sermonna un arbre qui se plaignait de la présence d'un nid de guêpes dans son tronc.

— Si toutes les créatures étaient aussi égoïstes que toi, lui dit-elle, l'Île deviendrait un désert.

Les cheveux de Circé prenaient subtilement les teintes des frondaisons. Son souffle se mêlait aux bruissements de la forêt pour saluer chaque étincelle de vie. Elle que j'avais connue si dure, si impitoyable, voilà qu'elle apparaissait sous un jour lumineux. Elle redressait les fougères blessées et s'arrêtait devant d'immenses toiles d'araignée, entonnant parfois un chant funèbre.

Les nymphes firent soudain un bond en arrière, comme repoussées par une force invisible. Je distinguai une lueur jaune émanant d'un bosquet. Elle s'intensifia jusqu'à devenir aveuglante. Circé avança et disparut dans cette aura.

S'écoule le temps, s'évapore la rosée, s'endort la lumière...

La magicienne réapparut. Derrière elle, le buisson ardent s'était éteint. Elle vint à ma rencontre, le visage livide, et déclara d'une voix lugubre :

— Ton voisin d'enclos sera libéré comme tu l'as demandé. Mais toi seul retrouveras ton aspect humain. Le pirate gardera son apparence de monstre jusqu'à la fin de ses jours.

Elle tourna les talons et reprit la tête du cortège.

— Que s'est-il passé ? questionnai-je.

— C'était Hermès, répondit la servante rousse. Le dieu à la baguette d'or lui a révélé ce qu'il attendait d'elle... et peut être aussi ce qu'il adviendra. Je tremble, car la tristesse de ma maîtresse annonce de sombres événements.

J'aperçus Kelya marcher au côté de Circé. Elle lui demanderait bientôt la permission de quitter Aiaié.

Nous longeâmes une crête de rochers et abordâmes la plage sur laquelle je m'étais échoué à mon arrivée.

— Voici ta nef, déclara la magicienne. Elle te permettra de regagner Ithaque.

Mon cœur s'enflamma : le *Liberté* était là, intact malgré le temps écoulé. Circé avait usé de sa magie pour le remettre à flots. Kelya choisit cet instant pour se jeter aux pieds de sa maîtresse.

— Circé, supplia-t-elle. Je vous en conjure, laissez-moi partir avec Alexandros. Je vous ai toujours servie par mes danses inspirées.

Aujourd'hui, je désire rejoindre le monde des humains.

Ses trois amies ne s'attendaient pas à une telle audace. Circé, en revanche, ne manifesta aucune surprise. Elle posa une main sur son épaule et répondit :

— Depuis l'arrivée d'Ulysse et de ses compagnons, tu rêves de découvrir la contrée des hommes. Mais, ma tendre Kelya, tu ne sais rien de leurs pays. Dès que tu poseras le pied sur leurs terres, tu regretteras Aiaié.

— Je ne crains pas les épreuves, répondit la nymphe. J'écoute mon cœur qui sait ce qui me convient.

Circé ferma longuement les yeux, rejoignant les sphères divines. Quand elle rouvrit les paupières, ses pupilles étaient chargées d'un éclat nouveau.

— Soit, décida-t-elle. Je ne te retiendrai pas contre ton gré.

Je n'en croyais pas mes oreilles. Circé acceptait de laisser partir Kelya. La nymphe elle-même était abasourdie.

— Redresse-toi, m'ordonna la magicienne, et présente-moi ta face.

Elle enduisit mon corps d'un baume magique. Soudain...

S'étirent mes pattes, ma tête, mon tronc. S'aplatit mon museau.

Après quelques instants, je pus compter mes doigts. Cinq. Je balayai un bras derrière mes fesses. Ma queue de pourceau avait disparu. J'eus du mal à me tenir sur mes jambes... La servante brune me présenta un miroir. Ce n'était pas possible... ce jeune homme aux traits harmonieux ne pouvait pas être moi. Je portai mes mains à mon visage et tâtai mes yeux. Non seulement Circé m'avait rendu mon aspect humain, mais elle avait « réparé » ma tête hideuse. Mon œil droit avait désormais la même taille que le gauche ! L'émotion était si forte qu'elle noua ma gorge. J'avais envie de danser sur la plage, d'embrasser Circé, de lui offrir tout ce qu'elle voudrait pour la remercier.

— Circé... balbutiai-je, vous m'avez... « guéri » ?

— Je t'ai accordé ce que j'ai accordé jadis aux compagnons d'Ulysse quand je leur ai rendu leur apparence humaine. Je les avais faits plus beaux et de plus grande mine. Hélas, ces enveloppes nouvelles ne leur ont pas servi. Aucun n'a retrouvé sa patrie. Tous ont péri. Quel gâchis ! Il ne tient qu'à toi, Alexandros, de ne pas répéter leurs erreurs.

Je ne cessais de scruter mon nouvel aspect. J'étais devenu un être « normal ». J'étais même...

beau. Oui ! Avec mes deux yeux de même valeur... Des larmes coulèrent sur mes joues. Kelya m'adressa un sourire. Pour la première fois, je la regardai sans honte. Je me sentais des ailes... Je voulais être déjà de retour sur Ithaque, montrer mon splendide visage à ma famille et à tous ceux qui m'avaient évité par dégoût ou par mépris.

— Quelqu'un attend de toi des excuses, me dit brusquement Circé en désignant la forêt.

Je me retournai et aperçus le pin dont j'avais coupé une branche. Je m'approchai, posai ma main sur son écorce et murmurai :

— Pardonne-moi, arbre d'Aiaié, j'étais ignorant. Que ta branche repousse et que tu ne subisses plus jamais un tel outrage.

Kelya serra ses trois amies contre sa poitrine, intensément. Et elles pleurèrent avant de se séparer pour toujours. Puis la nymphe se jeta aux pieds de Circé.

— Merci, maîtresse.

— Tes danses me manqueront, Kelya. Peut-être as-tu pensé que je m'en étais lassée. Certains soucis ont pu parfois détourner mon cœur de la grâce de tes pas. Pourtant sache que nulle autre que toi n'a épousé avec autant de talent le souffle voluptueux d'Aiaié.

Kelya, bouleversée, se redressa et baisa les mains de Circé.

— Va-t'en à présent. Suis ton destin.

La magicienne se tourna ensuite vers moi et me tendit la médaille de Poséidon qui était la cause de mon malheur.

— Reprends-la, m'intima-t-elle. N'aie crainte, j'ai modifié son sortilège. Quand tu seras au large, arrête ton embarcation et jette le médaillon à la mer. Un tourbillon vous entraînera alors vers ton île.

Kelya avança dans les vagues et grimpa sur le *Liberté*. J'embarquai dans son sillage, le miroir entre mes mains. Sur le rivage, Circé nous observait.

— Le chagrin creuse son regard, trembla Kelya. Jamais je n'ai vu ma maîtresse dans un tel désarroi.

Je ne répondis pas, occupé à contempler le reflet de mon superbe visage. Ceux d'Ithaque n'en reviendraient pas !

— Je pressens un grand malheur, insista Kelya.

Chapitre 10

Je fis rugir le moteur et dirigeai le bateau vers le large.

— Brave *Liberté*, pensai-je en caressant le gouvernail. Nous retournons chez nous.

Fini la paille et les fientes pestilentielles. Je retrouvais la fraîcheur des embruns et l'odeur piquante des algues. Dire que j'avais failli terminer mes jours dans une étable immonde. Quelle ironie... Tant de mois sous les traits d'un porc pour renaître sous ceux, impeccables, d'un nouvel Alexandros. J'apostrophai Kelya :

— Dis-moi que je suis beau. Tu m'entends ? Dis-le-moi !

Mais Kelya ne parvenait pas à détacher ses yeux du rivage. Les silhouettes de ses amies étaient devenues minuscules. Quand Circé la salua une dernière fois, la nymphe lui répondit par un signe de la main, le regard envahi de chagrin.

— Tu regrettes de partir ? lui demandai-je.

— Je ne sais si mon choix est juste, répondit-elle d'une voix tremblante. N'est-ce pas pure folie ? Pourtant, mon sang, mon cœur, l'eau de mes entrailles, le feu de mes joues, la sève de mes rêves... tout me murmure de quitter Aiaié.

L'île de Circé était déjà loin quand je stoppai les moteurs. Nous n'entendions plus que le clapotis des vagues. Le ciel avait des intonations de paradis. La clarté solaire m'avait fait si cruellement défaut pendant mon internement. Je saisis le médaillon et déclarai :

— Kelya... le moment est venu de quitter ce monde.

J'allais jeter la médaille à la mer quand un bruyant *gloups* retentit. Une bulle d'air à la surface de l'eau. Mon cœur s'arrêta.

— Qu'as-tu ? s'inquiéta la nymphe.

Je tendis un doigt devant mes lèvres pour lui demander le silence. Un autre *gloups* se fit entendre, cette fois plus près du bateau. Je me penchai lentement au-dessus du bastingage. L'extrémité d'un roseau apparut au creux d'une vague...

— Koras !

Sa tête énorme surgit d'un coup. J'eus le réflexe de lancer le médaillon à la mer comme l'avait demandé Circé, mais le Cyclope le saisit d'une main avant qu'il ne touche les vagues. Il ouvrit la bouche et le laissa tomber dans sa gueule, puis il saisit la coque et la souleva de toutes ses forces.

Kelya bascula avec moi dans la mer. Sortir la tête, coûte que coûte, respirer...

— Kelya... Où es-tu ?

Le géant avait réussi à l'attraper. Prisonnière de ses doigts, elle gigotait dans les airs.

— Koras ! hurlai-je en me maintenant à la surface. Laisse-la !

Le Cyclope m'observa de son œil cruel.

— Te voilà, humain ! se réjouit-il en lâchant la nymphe.

Il plongea sa main dans ma direction et me happa.

— Voilà des lunes que j'erre à ta recherche ! Je vais te ramener sur notre île.

Il me pressait si fort qu'aucun mot ne pouvait sortir de ma gorge. La peau de sa paume était aussi dure que le cuir. Sa pupille énorme, globuleuse, me fixait.

— Qu'as-tu fait de ton œil ? maugréa-t-il en

examinant mon visage. Circé s'est encore mêlée de ce qui ne la regarde pas.

Il cala mon crâne entre ses grosses phalanges et me griffa la tempe droite. Aussitôt, ma cervelle me brûla. Je poussai un cri de douleur.

Je frappai, frappai, cognai contre ses doigts en espérant le faire lâcher... il s'amusait de mes coups.

— À quoi joues-tu ? s'esclaffa-t-il.

Il allait enfoncer de nouveau son ongle dans mon visage lorsque des cris stridents retentirent. La tête à l'envers, je réussis à distinguer une créature aux longues ailes. Elle tournoyait dans le ciel. Le monstre-pirate libéré par Circé !

— Viens ! le haranguait Koras. Approche que je te torde le cou.

Le monstre fondit sur le Cyclope, serres en avant, et lacéra son crâne. Furieux, le géant se servait de moi comme d'un chasse-mouches pour repousser l'assaillant. Je virevoltai de haut en bas, de bas en haut, manquant plusieurs fois de me fracasser contre le pirate. Quand les griffes de ce dernier se refermèrent sur le bras de Koras, mon bourreau hurla et me lâcha.

Je retombai dans l'eau et m'enfonçai dans la mer. Kelya réussit à me rejoindre. Elle prit ma main et m'attira dans les profondeurs. Je sentis les énormes doigts du Cyclope attraper mon mollet. En me débattant, je parvins à me dégager. Mais je me serais noyé si Kelya n'avait pas posé sa bouche sur la mienne pour insuffler de l'air dans mes poumons.

Nous refîmes surface sur une plage d'Aiaié. Kelya me hissa sur le sable, à l'ombre des premiers arbres.

— Alexandros, dit-elle en tapotant mes joues. Réveille-toi !

Je découvris le visage de la nymphe emperlé de gouttes. Ses longues mèches trempées serpentaient sur ses joues pâles.

— C'est étrange, s'inquiéta-t-elle. Ton œil droit verse des larmes de sang.

Elle essuya ma joue.

— C'est... Koras, balbutiai-je. Il voulait... réveiller la malédiction. Mais le monstre-pirate l'a attaqué.

— Il n'a pas survécu, me prévint Kelya. Koras lui a déchiré les ailes avant de le noyer. Viens, nous ne pouvons pas rester ici.

Elle m'aida à me lever et m'entraîna dans les sous-bois.

Paix à son âme... priai-je en regrettant le sort de mon sauveur.

Chapitre 11

Dès mon entrée dans la forêt, je sentis combien la nature m'était hostile. Sous chacun de mes pas, les feuilles crissaient et se consumaient comme attaquées par un feu invisible. Sans mes semelles, mes pieds auraient probablement brûlé. Une fougère que je cherchais à écarter me cingla violemment la main.

— Nous ne pouvons pas continuer ainsi, déclara Kelya. Les créatures que tu touches se retournent contre toi.

— Pourquoi ne leur dis-tu pas que je me suis excusé auprès du pin ?

— Tes excuses ne suffisent pas. Toutes les plantes ne t'ont pas pardonné. Sur Aiaié, la vengeance est un feu puissant.

— Mais j'ai payé ! Circé m'a transformé en pourceau.

— Ceux qui étaient dans l'étable à tes côtés n'auront rien à craindre s'ils retrouvent un jour la liberté. Ils sont restés si longtemps prisonniers... Aiaié les laissera fouler ses pierres sonores. Ton forfait, lui, est trop récent.

Puis, après m'avoir longuement observé :

— Retourne-toi en prenant soin de ne rien toucher.

J'obéis.

— Que fais-tu ? demandai-je. Tu es toujours là ?

En guise de réponse, son bras surgit de derrière mon dos, porteur d'une tunique : la sienne.

— Enfile-la par-dessus tes habits, me dit-elle. Elle te protégera jusqu'à ce que nous retrouvions mon père.

— Jamais je ne me déguiserai en fille.

— De quoi as-tu peur ? Achille lui-même a jadis porté les vêtements d'une femme.

— Achille ? Je ne te crois pas.

— Sa mère divine voulait l'empêcher de participer à la guerre de Troie car elle savait qu'il y perdrait la vie. Elle l'a déguisé en femme afin qu'il échappe aux yeux des Grecs.

— Qui te l'a dit ?

— Je l'ai entendu de la bouche même d'Ulysse. Un soir, ton roi a raconté à Circé de quelle façon il avait réussi à débusquer Achille.

— Comment a-t-il fait ?

— Il a jeté une épée devant l'assemblée de femmes où le jeune guerrier était caché. Aussitôt, Achille a voulu l'essayer : c'est ainsi qu'il s'est trahi.

Je ne pus m'empêcher de sourire. Encore une ruse à mettre au crédit d'Ulysse. Je réfléchis et déclarai :

— D'accord. J'accepte ta tunique, mais toi, en attendant, que porteras-tu ?

Je l'entendis prononcer de mystérieuses paroles.

— Tu peux te retourner, me dit-elle.

Je fis volte-face et la découvris, le corps protégé par un habit végétal.

— Les fougères ont accepté de me procurer quelques-unes de leurs feuilles.

— Mais... il a fallu que tu les coupes... comme j'ai coupé la branche du pin !

— Si tu t'adresses aux êtres avec respect, ils écoutent tes requêtes et souvent ils acceptent de t'aider. Est-ce différent dans ton monde ?

— Dans mon monde... balbutiai-je. Non...

Kelya me guida dans la forêt, sa longue chevelure ondoyant sur sa tunique verdoyante. Moi-même, à quoi devais-je ressembler désormais ?

À une créature étonnante : un être mi-homme, mi-femme, recouvert d'une étoffe miroitante. En tout cas, aucune plante ne s'opposa plus à ma progression. Kelya bondissait, me surveillant d'un œil furtif. Après une course effrénée, nous atteignîmes un chêne gigantesque et fîmes une pause entre ses racines.

— Bonjour Kelya, retentit une voix. Ma tendre enfant, quel bonheur de te revoir. Tu as donc finalement décidé de ne pas partir.

Je me tournai en tout sens, mais ne repérai aucune créature.

— Nous serions partis, père, répondit Kelya, si un Cyclope n'avait pas essayé de nous capturer. Nous lui avons échappé de justesse.

— Un Cyclope ? Par quel malheur un tel monstre est-il parvenu sur l'Île ?

Cette fois-ci, je localisai la voix : elle provenait du chêne !

— Il a surgi des profondeurs de la mer, expliqua Kelya. Selon Alexandros, c'est un puissant sorcier.

La nymphe parlait en caressant les feuilles du grand arbre. Je me penchai vers elle et lui murmurai :

— Tu ne me présentes pas ?

— Il sait déjà qui tu es.

— Mes rameaux se réjouissent de sentir de nouveau la chaleur de ton corps, poursuivit l'arbre. Hélas, tes funestes paroles assombrissent ton retour. Nous ne voulons pas te perdre, mon enfant. Laisse cet humain à son destin et cache-toi parmi nous.

— Père, répondit Kelya, je t'ai déjà expliqué les raisons qui me poussent à partir : dans le palais de Circé, je m'ennuie. Depuis qu'Ulysse et ses compagnons ont quitté nos rivages, je ne cesse de penser à ce qu'ils ont décrit : des pays où les êtres s'unissent pour fonder des familles, des villes aux parfums subtils et aux étoffes rares, des poètes chantant l'amour.

— Et des guerres qui rougissent de sang les fleuves, retentit une voix derrière nous.

Une eau s'écoulait entre deux épaisses racines.

— Voici Hydra, ma mère, m'annonça Kelya. Je suis née de ses embruns.

La source dégageait une douce fraîcheur et égayait le sous-bois d'une bruissante mélodie.

— Pourquoi quitter ta famille pour cet humain ? continua la voix. T'a-t-il liée à son destin par quelque sortilège ? Il est poursuivi par une des créatures les plus mauvaises de notre monde et toi, tu le suis !

— Mère, rétorqua Kelya. J'ai aimé Alexandros

dès que je l'ai vu dans le palais de Circé. J'ai su que nos destins étaient liés quand nos regards se sont croisés. Dans la porcherie, j'ai partagé pendant des lunes ses peines et ses souffrances. Chaque matin, en me réveillant, je pensais à lui. J'entendais une voix au plus profond de mon cœur me murmurant : *aide-le... suis-le.* Je suis prête à affronter toutes les épreuves pour rester à son côté, à proximité de ses lèvres, de ses yeux.

La forêt s'arrêta de battre. Les fougères s'inclinèrent. Les feuilles se figèrent. Les sources étouffèrent leurs clapotis. Les créatures d'Aiaié ne vivaient plus que dans l'attente de ma réaction. Si on m'avait dit que j'entendrais un jour de telles paroles... Comment croire que Kelya m'avait aimé dès notre première rencontre ? Comment avait-elle pu tomber amoureuse de moi quand mon œil était si monstrueux ? C'était impossible. Personne ne pouvait aimer un tel visage. Personne ! Elle s'était rapprochée de moi parce que j'étais l'occasion pour elle de quitter Aiaié, pas parce qu'elle m'aimait. Elle espérait « m'utiliser », de la même façon qu'Anastasia m'avait leurré.

Kelya perçut ma froideur. La forêt choisit alors de se réveiller. Lentement. Par dépit. Les fougères retrouvaient leur position orante. Les feuilles frémissaient. Les sources chuchotaient.

Un papillon quitta sa fleur et la parenthèse d'amour entrouverte par la nymphe se referma. Kelya était prostrée.

— De quelle manière as-tu gagné ta liberté ? me demanda le chêne.

— En résolvant l'énigme de Circé, répondis-je.

Et d'ajouter :

— J'ai fait travailler mon intelligence. Si on m'avait dit qu'un jour je vaincrais en employant autre chose que mes muscles...

— Quelle était la réponse à l'énigme ? insista le chêne.

— Il s'agissait de dents.

— De dents, répéta l'arbre. Ça ne m'étonne pas. Tout est *dedans*. L'amour, par exemple.

À ce mot, Kelya se redressa :

— La fatigue s'empare d'Alexandros, père. Je l'ai conduit jusqu'à toi pour que tu lui réinsuffles un peu de vie.

— Qu'il se plie au rituel.

— Tu as entendu ? me demanda Kelya d'une voix sèche.

Après l'affront subi, sa dureté ne me surprit pas.

— Kelya, je voudrais te dire que...

— Plaque ton dos contre le tronc, me coupa-t-elle.

Je levai la tête et observai les immenses branches surplombant la clairière.

— Ne tarde pas, conseilla le chêne.

Hésitant, je m'adossai au grand arbre. Des frémissements parcoururent aussitôt la plante de mes pieds et sillonnèrent mes jambes tout du long.

— Kelya, je...

— Ne parle pas.

L'énergie atteignit mes hanches et se répandit dans mon dos. J'avais l'impression qu'une infinité de petites aiguilles me piquaient la colonne vertébrale. Une brise souleva mes cheveux, inondant ma tête d'un souffle vivifiant. Au-dessus de moi, le feuillage s'agitait : la frondaison tout entière participait à ma régénération. Je fis quelques pas et fus surpris de constater combien mes jambes étaient alertes. Toute la fatigue avait disparu. Je me retournai et saluai la grande silhouette de l'arbre.

— Merci... Grand Chêne.

— Une offrande serait la bienvenue, soupira Kelya.

— Une offrande ? Mais je n'ai rien sur moi.

Elle désigna ma chevelure.

— Des cheveux ! m'exclamai-je. C'est ça ? Tu voudrais que je laisse des cheveux ?

Elle baissa les paupières en signe d'acquiescement. Je tirai sur ma tignasse et réussis à détacher des mèches.

— Qu'est-ce que j'en fais ?

— Dépose-les au pied de mon père.

J'obéis. À mon grand étonnement, une branche se courba, ramassa les boucles et les enroula autour de ses rameaux.

— Maintenant, que comptez-vous faire ? demanda le chêne.

— Avertir Circé, annonça Kelya. Le Cyclope doit être chassé d'Aiaié.

— Je t'accompagne, dis-je, déterminé.

La nymphe ne m'accorda aucune attention. Je saluai ses parents et la suivis dans la forêt. Arrivé à sa portée, je la saisis par le bras.

— Kelya... Comment as-tu pu dire que tu étais attirée par moi quand j'étais laid ?

Elle m'adressa un regard noir.

— Tu t'es vanté devant mon père d'avoir résolu seul, grâce à ton intelligence, l'énigme de ma maîtresse. Malheureusement ton esprit, Alexandros, est encore trop étroit pour lire dans les cœurs. Je suis Kelya, fille de Drus et de Hydra. Tu vois de la duperie là où règnent les sentiments les plus purs. Comment peut-on être aussi aveugle ? Faut-il que tu aies connu la nuit la plus noire pour t'effrayer d'une étincelle ? Je t'aime, Alexandros. Je l'ai su immédiatement malgré ta difformité. Et maintenant que ton visage est devenu harmonieux, je regrette presque de t'aimer.

Elle se détourna et repartit sur le sentier.

— Kelya... comprends-moi... Sur Ithaque, les filles me rejetaient. Je me suis même fait manipuler et...

Elle s'éloigna sans m'écouter.

Chapitre 12

Nous marchions en direction du palais de Circé, Kelya toujours vêtue de fougères et moi de sa tunique. Je distinguais avec peine sa silhouette à travers les taillis. Nous parvînmes enfin devant le palais qui se dressait, silencieux, au creux du vallon.

— Où sont les loups et les lions ? s'inquiéta la nymphe. Ils devraient monter la garde.

Elle rejoignit un gigantesque figuier à qui elle adressa des paroles obscures. En guise de réponse, l'arbre s'inclina.

— Suis-moi, me lança-t-elle en montant sur une branche.

Le figuier nous hissa sur le mur d'enceinte. Kelya esquissa un signe de remerciement avant de trottiner prestement sur le rempart. La cour intérieure semblait avoir été désertée. Il n'y avait pas âme qui vive. Nous parvînmes à hauteur d'une fenêtre qui s'ouvrait sur la grande salle de la demeure et restâmes pétrifiés. Partout du sang et des débris de cervelles. Des corps inertes, méconnaissables. Sauf la tête de Circé. À son côté, d'énormes empreintes de pieds. Koras avait accompli un carnage.

Je faillis vomir tout ce que j'avais dans le ventre. Kelya porta sa main à sa bouche pour retenir ses cris, puis s'abandonna à un torrent de larmes.

Nous étions prostrés, incapables de prononcer la moindre parole. Je me souvenais de la nymphe aux cheveux châtains qui versait du vin dans les coupes, du visage rayonnant de la servante blonde, de la jeune rousse qui m'avait guidé avec son sourire malicieux jusqu'au bateau. Toutes les trois gisaient près de leur maîtresse. L'Île s'était tue, muée en un tombeau. Les arbres étaient de tristes fantômes dans un ciel pâle aux allures de linceul.

— Circé... était... notre mère, balbutia Kelya. Les rochers, les sources, les arbres, les animaux... rien n'échappait à ses enchantements. Koras a vaincu sa magie. Il l'a brisée.

La nymphe reprit sa respiration, puis lâcha, la voix entrecoupée de sanglots :

— Je comprends à présent pourquoi elle m'a laissée partir : elle savait quel malheur s'abattrait ici.

— Qui le lui aurait appris ?

— Hermès.

Je séchai ses larmes en caressant ses joues.

— C'est ma faute. Cette tuerie n'aurait pas eu lieu si je n'avais pas abordé Aiaié. Je vengerai Circé et tes amies.

Kelya cherchait dans mon regard la force de me croire. Je lui demandai :

— Où Circé entreposait-elle les objets qui s'échouaient sur Aiaié ?

— Dans une pièce du palais.

— La pendule que j'ai vue ici provient d'un navire militaire. Ta maîtresse a sans doute trouvé des armes. Conduis-moi à cette pièce.

— Et si le Cyclope nous y attend ?

Je tournai la tête et observai avec horreur les cadavres déchiquetés.

— Nous n'avons pas le choix.

Nous longeâmes les murs de la grande salle. Une odeur insupportable enveloppait les lieux. Kelya me conduisit jusqu'à une baie ouverte en tentant de retenir ses larmes. Elle me fit comprendre par geste qu'il s'agissait de la pièce que je voulais inspecter. Nous scrutâmes tous les deux les alentours, redoutant l'arrivée du monstre. Tout semblait calme. Trop calme. Nous nous hissâmes sur le bord de la fenêtre et retombâmes tels deux chats à l'intérieur des murs.

— Fais le guet, murmurai-je.

J'attendis que mes yeux s'adaptent à la pénombre et m'approchai de caisses rangées contre une paroi : des coffres de la marine grecque. Je les ouvris un par un, espérant y trouver une arme. Peine perdue. Ils étaient remplis d'instruments de mesure électroniques servant à la navigation. Je rejoignis Kelya près de la fenêtre et la découvris tremblante, les yeux fixés sur la cour du palais. Une ombre gigantesque avançait sur les larges dalles. Koras ! Le Cyclope rôdait en silence... il me cherchait. Nous attendîmes le souffle coupé, priant pour que le monstre s'éloigne.

Blotti contre moi, le corps de Kelya, sa peau frémissante, sa respiration haletante...

Que Koras surgisse et nous serions tous deux mis à mort. L'ombre immense passa devant la baie.

Kelya me souffla :

— Je connais une ouverture dans le mur d'enceinte. Elle est masquée par l'étable. C'est le seul moyen de nous échapper.

Elle se dirigea vers la porte qui donnait sur les appartements du palais, l'entrebâilla prudemment et vérifia que le chemin était libre. Nous traversâmes un couloir et poussâmes un lourd battant.

— La chambre de Circé... murmura Kelya.

C'était une grotte. Un lit de nacre trônait au centre, cerné par des rochers et un enchevêtrement de digitales aux gueules béantes. Une cascade s'écoulait du plafond, éclaboussait un rosier géant et disparaissait sous un parterre de fougères. Les parois étaient teintées d'un lichen bleu parsemé d'étoiles de mer. Des pas résonnèrent soudain dans le couloir. Kelya me tira à elle.

— Il arrive.

Nous nous glissâmes derrière la cascade, près du bosquet aux roses géantes. L'eau aspergeait ma tunique et les fougères de Kelya. Une main de Koras apparut soudain dans l'embrasure de la porte. Nos cœurs battaient à tout rompre. Les doigts étaient couverts du sang de leurs victimes. Le Cyclope, trop imposant pour entrer dans la chambre, dut se contenter d'introduire un bras et une épaule. Il tâta le lit de nacre, fourragea à l'aveuglette dans les digitales. Sa main s'arrêta au contact de la cascade. Il hésita un instant, puis creva le filet d'eau. Je retenais ma respiration. Lentement, les roses géantes s'inclinèrent et entourèrent les doigts du géant. Koras voulut les arracher, mais les épines déchirèrent sa peau. De colère, il fracassa le lit de nacre. Son poing détruisait tout. Nous nous jetâmes au sol pour nous protéger. Quand le monstre s'éloigna enfin, un cyclone semblait s'être abattu sur la chambre. Toutes les plantes étaient massacrées. Seule la cascade continuait de couler.

— Elles se sont sacrifiées pour nous, murmura Kelya en caressant les dépouilles des fleurs.

Je relevai la tête et découvris un glaive suspendu au-dessus de la porte. À côté de l'épée étaient accrochés une ceinture et un fourreau rigide tissé de fils blancs, ressemblant à un cocon. Sur la poignée étaient inscrites plusieurs lettres.

— Que fais-tu ? s'impatienta Kelya.

Je me dressai sur la pointe des pieds et réussis à décrocher le glaive. Au moment où je saisis la ceinture, le fourreau se détacha et tomba. Kelya le rattrapa *in extremis*.

— Nous devons quitter le palais, me souffla-t-elle.

Elle sauta par la fenêtre et me guida jusqu'au passage situé derrière l'étable. Nous disparûmes dans la forêt. Kelya avançait en se faufilant entre les buissons, la ceinture et le fourreau en bandoulière. Je courais derrière elle, le glaive à la main.

L'espoir revenait, car un nom prestigieux était gravé sur l'épée : ΟΔΥΣΣΕΥΣ[1].

Nous nous enfouissions dans les bois, au plus profond du ventre d'Aiaié.

S'écartent les rameaux. Fouette le vent nos cheveux emmêlés.

Kelya sinuait comme une onde tandis que j'enjambais les souches et les taillis.

J'escaladai une colline et stoppai ma course, exténué. Lorsque je pus enfin prononcer quelques mots, les premières paroles furent pour le glaive serré dans mes mains.

— Kelya... c'est l'épée d'Ulysse !

La nymphe s'approcha, le visage grave.

— Ainsi, dit-elle étonnée, il l'avait laissé à ma maîtresse.

Trois juments étaient ciselées sur la poignée. Une arabesque délicate naissait entre leurs sabots et s'étirait le long de la lame tranchante.

— Combien d'ennemis a-t-elle transpercés ? m'exclamai-je. Combien de Troyens ?

— Combien de femmes et d'enfants ont perdu leur mari, leur père ? ajouta Kelya.

Sa remarque m'agaça.

1. *Odusseus*, le nom grec d'Ulysse.

— Ulysse a tué les guerriers qui se sont opposés à lui.

— Je l'ai écouté évoquer la guerre de Troie. Je sais qu'il a tué des hommes qui luttaient pour protéger leur cité et leurs familles. Peut-on se glorifier de telles victoires ?

— Ne juge pas cette épée, Kelya. Elle nous aidera à venger Circé et tes amies.

Je serrai la ceinture et le fourreau autour de ma taille. Puis la lame retrouva son étrange étui. Un vertige me prit au moment où le glaive frôla ma jambe. Je portais l'arme d'Ulysse ! Kelya me fixait avec défiance. Sans prononcer un mot, elle se retourna et dévala la colline.

Cogne l'épée contre ma cuisse... Mon cœur vibrait à chaque secousse du glaive. Nous nous faufilâmes dans les sentiers et débouchâmes dans une clairière jonchée de fleurs blanches, toutes écrasées.

— Par Zeus ! s'écria Kelya.

— Qu'y a-t-il ?

— Le Cyclope a mangé le molu, l'herbe de vie. C'est cette plante qui a permis à Ulysse d'échapper au sortilège de Circé. Koras a sûrement été averti par Poséidon des propriétés de la fleur.

Elle ajouta, la voix chargée de tristesse et de colère :

— Voilà pourquoi il a pu vaincre Circé.

Je frémis en me rappelant le spectacle insoutenable du palais. Un chant lugubre s'éleva soudain des feuillages. Les yeux hagards, Kelya observait les arbres qui nous cernaient. Je sortis l'épée de son fourreau.

— Retournons auprès de mon père, conseilla la nymphe.

Chapitre 13

Nous retrouvâmes le sentier que nous avions emprunté pour atteindre le palais et le suivîmes à rebours.

— Regarde, me prévint Kelya en désignant un ruisseau. Le courant était limpide quand nous l'avons traversé. Il charrie désormais des eaux rouges et chaudes. L'odeur qu'il dégage me donne la nausée.

La nymphe s'inclina.

— Par Aiaié...

— Quoi ?

Elle frôla d'une main le courant.

— Il répand... le sang de Circé !

Je restai interdit, les yeux accrochés aux rochers : ils luisaient comme de sinistres rubis.

S'écoule le torrent d'agonie... Ruisselle le sang

de la fille du Soleil... Rien ne sera jamais plus comme avant sur Aiaié. Ni les ruisseaux, ni les faons sous leur mère. Ni les vents timides, ni les fleurs assoupies.

Kelya porta un doigt couvert de sang à sa joue droite et traça une flèche écarlate.

— Je serai la main qui te vengera, ô maîtresse. Je jure devant ton père, notre Soleil, que ces crimes ne resteront pas impunis. Je le jure.

Un bruissement de feuilles nous fit soudain sursauter. Nous bondîmes et roulâmes sur le sol. Était-ce Koras ? Un museau apparut. Une tête de chevreuil. Puis deux.

— Les Crétois ! lança Kelya.

Les animaux semblaient heureux de nous découvrir. Ni l'un, ni l'autre ne pouvaient parler. Je m'approchai d'eux et les fixai dans les yeux. Me reconnaissaient-ils sous mon apparence humaine ? Avaient-ils assisté au massacre du palais ? Kelya s'adressa à eux avec douceur :

— J'ignore qui vous a libérés, mais vous devez vous enfuir avant que le Cyclope vous retrouve. Auparavant, aidez-nous à traverser ce ruisseau.

Les deux bêtes courbèrent la tête en signe d'acquiescement. Kelya avait été leur seul rayon de bonheur pendant leur détention. Nous enfourchâmes chacun un animal. Je fermai les paupières et serrai mes jambes contre les flancs du chevreuil. L'épée d'Ulysse s'agitait à ma ceinture. Nos montures prirent leur élan et bondirent avec une agilité surprenante pour des prisonniers tout juste libérés. Je sentis l'odeur chaude, écœurante des flots. Les bêtes atterrirent de justesse sur la rive opposée.

— Merci, murmurai-je en me laissant glisser sur le sol.

— Joignez-vous à nous, leur proposa Kelya. Nous partons nous réfugier auprès de mon père.

Les Crétois hésitèrent un instant, se questionnèrent de leurs grands yeux bleus et détalèrent dans les sous-bois, nous laissant sur la berge éclaboussée de sang.

Nous marchâmes encore longtemps, nos sens en éveil. Je perçus soudain des râles inquiétants, juste à côté de moi. J'enveloppai ma main dans un pan de la tunique de Kelya et l'appliquai prudemment contre le tronc le plus proche. J'avais vu juste. L'arbre bombait son écorce par intermittence : il respirait. Il me sembla, en scrutant les frondaisons, que ses fruits changeaient de teinte. De rouges, ils devenaient blanc ivoire.

— Kelya... les fruits se transforment.

Au même moment, des milliers de grêlons

aussi tranchants que des silex tombèrent des feuillages. Nous dûmes détaler vers les grandes fougères en protégeant nos têtes. Nous sortîmes du bois, épuisés, nos mains couvertes d'une multitude de petites plaies.

— La folie... s'est emparée... de l'Île, balbutia Kelya.

Je me retournai et découvris le sol croulant sous un tapis de dents. De véritables dents en guise de grêlons...

Les dents de mon énigme, pensai-je.

Soudain, une intense douleur naquit dans mon cerveau.

— Que se passe-t-il ? s'inquiéta Kelya.

— J'ai mal... J'ai l'impression que ma tête va exploser.

— C'est le sortilège de Poséidon qui se réveille.

— Tu veux dire... que mon œil va regrossir ?

— C'est possible.

— Je ne veux pas ! Aide-moi à contrer ce sort ! Aide-moi !

— Il faut détruire le monstre, répondit la nymphe.

La douleur s'éteignit peu à peu. Autour de nous, le manteau d'ivoire avait transformé le sol en une plage froide comme la mort.

Parvenue dans la clairière de ses parents, Kelya clama, des sanglots dans la voix :

— Père, c'est moi. Nous revenons du palais. Le malheur s'est abattu sur l'Île. Le Cyclope...

— Je sais... Circé a été vaincue. L'Île est livrée à elle-même. La terre est devenue acide. Je brûle des racines.

— Mes amies... ajouta la nymphe effondrée. Koras les a tuées... Père, c'est... horrible.

— Avez-vous aperçu les lions et les loups dans l'enceinte du palais ?

— Non, répondis-je. Aucune trace d'eux. Ni dans la cour, ni dans la grande salle. Nous avons échappé de peu au Cyclope. Dans notre fuite, nous avons croisé deux Crétois-chevreuils qui nous ont aidés à traverser un torrent rougi par le sang de Circé.

L'arbre trembla.

— Que les dieux nous viennent en aide !

— Attirons le monstre dans un piège d'où il ne pourra jamais sortir, décida Kelya. Comme les marécages du Nord.

Le chêne agita sa frondaison.

— Kelya... N'y songe pas. Rejoindre ce territoire est trop dangereux. Aurais-tu oublié l'Étang des Ténèbres ?

À l'évocation de ce lieu, toutes les fougères, les

buissons et les arbres rétractèrent ensemble leurs tiges et leurs branches.

— C'est l'unique partie de l'Île où le Cyclope peut être vaincu, insista Kelya. Là-bas, le molu qu'il a mangé ne lui sera d'aucun secours.

— Vous serez anéantis avant lui, avertit le chêne.

— Ton père a raison, Kelya, intervint la source maternelle. Les marécages du Nord sont envoûtés. Ceux qui s'y sont aventurés ne sont jamais revenus.

— J'irai seul, déclarai-je. Tout ce qui arrive est de ma faute.

— Tu ne partiras pas sans moi, décréta la nymphe. Je vengerai ma maîtresse et mes amies.

Le grand chêne nous enveloppa dans un geste protecteur.

— La fatigue vous envahit, dit-il. Laissez le sommeil clore vos paupières. Nous réfléchirons à ce dangereux voyage aux premiers frémissements de l'aube.

Kelya, épuisée, se blottit au creux de son père et s'endormit. Son corps était traversé d'incessants soubresauts. Une nouvelle brûlure incendia soudain mon crâne... pour disparaître presque aussitôt. Il fallait que je repousse la malédiction en anéantissant Koras.

Je repensai à la journée qui s'achevait. Tout avait pourtant bien commencé : j'avais trouvé l'énigme de Circé, la magicienne m'avait redonné mon apparence humaine et même davantage : un visage normal. Et puis Koras avait surgi...

Un souffle de vent, le déplacement furtif d'une feuille, tout me paraissait suspect. Dans le ciel d'Aiaié, la méduse lunaire nous observait en déroulant ses filaments inquiétants. Un bruissement de feuilles me sortit soudain de mes songes. Je levai la tête et découvris l'ample frondaison du père de Kelya. Je lui demandai :

— Grand Chêne... je voudrais savoir si je rêve ou si votre monde existe.

— Plonge ton épée dans le trou d'eau juste à côté de toi, répondit l'arbre.

Je m'exécutai.

— La lame est-elle droite ou brisée ?

— Elle donne l'impression de se tordre en pénétrant dans l'eau. Mais c'est un effet d'optique.

— Quelqu'un qui ne connaîtrait pas cet effet, et qui n'aurait jamais vu l'épée droite, jurerait qu'elle est tordue, n'est-ce pas ?

— Oui, sans doute.

— Alors les yeux peuvent tromper.

— Oui.

— Pour savoir si l'épée est tordue ou pas, il

faudrait épouser les vertus étranges de l'eau, faire un avec elle. Et peut-être qu'alors...

— Alors quoi ?

— On pourrait atteindre la vérité.

Le chêne se tut, me laissant à mes interrogations.

Soulevée par la brise, la fougère qui cachait l'épaule gauche de Kelya glissa doucement, faisant apparaître sa peau... ou plutôt ce qui aurait dû être sa peau, car le haut de son bras était formé d'une croûte sombre entaillée de profonds sillons. Avait-elle été blessée ? Quel secret cachait-elle ?

Kelya s'était emportée contre moi en prétendant que j'étais incapable de *lire dans les cœurs*. Lire dans les cœurs... Facile à dire dans un monde où tous les repères sont brouillés : je me déplaçais dans une tunique de nymphe ; les plantes pouvaient se mettre en colère ; un jour j'étais un cochon, un autre un humain. Et voilà que je risquais de retrouver l'œil monstrueux que Circé m'avait ôté... Quel supplice si je devais redevenir l'Alexandros d'avant, après m'être vu doté d'un visage normal ! Le supporterais-je ?

Je fixai l'épée que Drus m'avait demandé de plonger dans l'eau.

Ulysse a lutté avec cette arme, me dis-je.

Elle lui a permis de sortir vainqueur de tous ses combats.

Suspendu à cette fragile certitude, je me rêvais invincible.

La nuit tomba brusquement. Éreinté, je sombrai dans un sommeil profond.

Quelque part sur Aiaié, le Cyclope aussi s'endormait.

Grondent les flots. Tonnent les cieux. Ruisselle le sang. Crissent les pierres.

Chaque parcelle de l'Île criait vengeance.

Chapitre 14

Mon corps était presque gelé quand un cri retentit. Toutes les plantes de la clairière se réveillèrent d'un coup.

— Un animal écorché, chuchota Kelya en ouvrant les yeux.

Elle posa une main sur le tronc du chêne.

— Père...

— Je veille, Kelya... Je veille...

Nous entendîmes des frottements. Un corps semblait se traîner parmi les hautes herbes. Je brandis l'épée d'Ulysse quand s'éleva une voix à peine audible :

— Kelya...

La nymphe se redressa :

—Yshtar ?

À la faveur des premiers rayons de soleil, nous

reconnûmes la louve. Son corps était couvert de sang.

— Père, demanda la nymphe. Laisse-moi descendre.

— C'est de la folie, objecta le chêne. Si le monstre arrive, il...

— N'ayez... crainte, lâcha péniblement la bête. J'ai emprunté... les ruisseaux afin que nul... ne suive mes traces.

Kelya et moi sautâmes au pied du grand arbre. Nous atteignîmes la louve alors qu'elle se couchait sur le flanc, haletante.

— Les autres ont décidé... de se ranger au côté du Cyclope. J'ai voulu libérer les prisonniers... Les Crétois se sont enfuis, hélas les trois Égyptiens, trop gras et trop lourds, ont été égorgés. Yorg m'a attaquée. J'ai pu... m'échapper.

— Yorg ?

— Le plus cruel des loups, m'expliqua Kelya. Yshtar, je vais te soigner. Mère, accorde-moi de ta meilleure eau pour...

— C'est inutile, gémit la louve. J'ai perdu beaucoup trop de sang. Cependant... avant de mourir... je dois vous confier un secret qui vous permettra, à toi et à Alexandros... de fuir Aiaié.

La bête reprit son souffle.

— Souviens-toi, Kelya... un an après avoir

abordé nos côtes... Ulysse est parti pour le royaume des morts. Il voulait y rencontrer l'esprit du devin Tirésias pour lui demander sa route... Le devin lui a prophétisé qu'il rentrerait un jour chez lui... mais il l'a aussi prévenu que Poséidon réclamerait vengeance... pour laver l'affront fait à Polyphème.

— Il voulait obtenir réparation.

— Tirésias a révélé qu'un enfant naîtrait un jour sur Ithaque, qu'il serait doté d'un œil énorme... qu'il découvrirait une médaille ensorcelée et serait entraîné sur l'île des Cyclopes. Là, son gros œil devait remplacer celui crevé de Polyphème.

— Nous savons tout cela, déclara Kelya.

— Il y a une autre chose que je suis... la seule à savoir. J'ai surpris une nuit une conversation entre Ulysse et ses compagnons. J'ai entendu... que les pires calamités s'abattraient sur Aiaié si l'humain choisi en « réparation des torts » réussissait à gagner notre île. Les Grecs ont préféré cacher cette prédiction à Circé de peur que la magicienne s'en prenne à eux.

— Pourquoi ne nous as-tu rien dit à l'arrivée d'Alexandros ? demanda Kelya.

— Pourquoi ?... Parce que mille fois j'ai supplié Circé de me redonner mon aspect humain et de me relâcher... et mille fois elle a refusé. Ne rien dire fut ma vengeance.

Kelya, prostrée, caressait le flanc de son amie.

— Qu'as-tu entendu d'autre ? insista-t-elle.

— Tirésias a prévenu Ulysse... que l'humain au visage difforme pourrait échapper à la justice des dieux... à condition qu'il découvre l'Énigme.

— Celle de Circé ? m'exclamai-je. Je l'ai trouvée. La réponse était : *les dents.*

— Non... Une autre énigme qu'Ulysse a rapportée des Enfers et gravée sur la sépulture d'Elpénor. Son pouvoir est immense. Quiconque la résout peut décider de son destin...

Les mots s'éteignirent dans sa gorge.

— Yshtar ? supplia Kelya. Yshtar ! Ne meurs pas !

La nymphe berça la tête de son amie. Une mélodie envoûtante s'écoulait de ses lèvres.

— Douce Yshtar... Écume de vie... Goutte de mon cœur... Douce Yshtar...

— C'est fini, soupira le chêne. C'est fini.

Quand la louve eut rendu son dernier souffle, Kelya tapa telle une furie contre la terre.

— Pourquoi ? gémissait-elle. Pourquoi se sont-ils acharnés sur elle ?

Elle pleura, les mains enfouies dans le pelage de son amie. Puis elle déposa le corps de la louve entre les racines de son père.

— Yshtar a parlé d'Elpénor, réfléchit-elle, le regard rivé sur la dépouille. C'était un compagnon d'Ulysse, je t'en ai déjà parlé. Il est mort en tombant de la terrasse du temple de Circé.

— Est-ce que sa sépulture est loin d'ici ?

Kelya scruta les feuillages de la forêt. Elle répondit, attristée :

— Son tertre s'élève sur la pointe d'un cap en direction des marécages du Nord.

Elle s'étendit sur le sol, les bras écartés, et respira profondément. Sa tunique glissa de son épaule gauche, et les étranges sillons que j'avais déjà remarqués apparurent.

— Kelya... que fais-tu ?

— J'accompagne Yshtar dans le royaume des morts.

— Tu voyages avec les esprits ?

Elle ne répondit pas. Quand son rituel fut accompli, elle s'assit face à moi.

— Plonge ton regard dans le mien.

Son souffle m'emporta, me faisant basculer dans les premières heures de sa vie. Son père était déjà un chêne vénérable, sa mère une source fragile. Kelya avait l'apparence d'une jeune plante tremblante. Le cœur de l'île nourrissait sa sève. Je la vis bercée par la brise, grelotter sous la tempête, rêvant de s'affranchir du sol humide.

En âge de choisir sa vie, elle pria pour rejoindre les êtres qui pouvaient se mouvoir. L'île combla ce souhait. Elle se réveilla un matin sous les traits d'une nymphe, le visage couleur embruns, les yeux saupoudrés de soleil. Je me laissai guider et la retrouvai autour d'un palais. Elle virevoltait, libre, bondissant de souche en rocher, s'accrochant au vent, embrassant les fleurs, jonglant avec les perles de rosée. Je la vis entrer dans la demeure de Circé, s'arrêter dans la salle déserte et danser, seule, comme une flamme vagabonde. Au premier regard, la magicienne reconnut en elle la vigueur d'Aiaié.

Combien de temps sommes-nous restés ainsi ? Je l'ignore. Mais lorsque nous nous réveillâmes, Kelya m'adressa un regard d'épouvante.

— Ton visage !

Instinctivement, je touchai mon œil droit. Il avait grossi ! Terrifié, je rejoignis un trou d'eau et observai mon reflet. Mon orbite avait repris son ancienne taille. J'aurais voulu disparaître.

— Je suis maudit... maudit... maudit ! Circé avait rompu le sortilège des dieux, et voilà que je redeviens monstrueux ! Je ne veux pas retrouver mon ancien visage... Je ne veux pas ! JE NE VEUX PAS ! Fais quelque chose...

Kelya baissa les yeux.

— Je n'ai pas les pouvoirs de ma maîtresse, soupira-t-elle.

Un mélange de colère et de tristesse m'envahit. Des larmes coulèrent sur mes joues sans que je puisse les retenir. Je frappai la terre de mes poings, tel un dément, imaginant que je fracassais mon œil malade. Ma furie dura jusqu'à l'épuisement. Étendu sur le sol au milieu des feuilles, le corps vidé tellement je m'étais acharné, j'entendis Kelya prononcer à mes oreilles ces paroles :

— Souviens-toi du conseil d'Yshtar. Il faut rejoindre la sépulture d'Elpénor et résoudre l'énigme laissée par Ulysse.

Une des branches de Drus se courba et s'arrêta devant mon visage. Entre ses rameaux, l'arbre tenait à l'envers la cupule d'un gland géant.

— Prends et bois, me dit-il.

Le bol était rempli d'un liquide écarlate.

— C'est... du sang ?

— Celui de Circé. Yshtar s'en était couverte en se laissant emporter dans les ruisseaux. Je l'ai mêlé à ma sève. Dès qu'il coulera dans ton corps, tu n'auras plus rien à craindre d'Aiaié. Elle te respectera comme un des siens.

Je me tournai vers Kelya.

— Aie confiance en mon père, dit-elle. Bois... je t'en prie... Bois.

Je me redressai et obéis. Le liquide chaud et amer coula dans mes entrailles. Je crus que j'allais vomir. Kelya me retint et m'adossa contre le tronc de Drus. Après un moment qui me parut une éternité, je me relevai en titubant.

— À mon tour de vous aider, retentit soudain la voix claire d'Hydra. Yshtar vous a avertis que le Cyclope s'était concilié les lions et les loups. L'odeur que vous dégagez peut désormais vous trahir. Approchez et penchez-vous derrière ce rocher.

Kelya et moi nous inclinâmes et découvrîmes une fleur de molu aux pétales clos.

— Elle a poussé cette nuit, révéla la mère de Kelya.

Une goutte de la source atteignit la corolle. Les pétales s'ouvrirent un à un, laissant apparaître un petit être pas plus grand que mon pouce et de forme humaine. Son visage était nimbé d'une lueur stellaire. Ses yeux myosotis étaient si perçants que les fixer était difficile. Vêtu d'une tunique azur, il nous observait sans manifester de surprise. Kelya s'exclama.

— Mère ! C'est... l'esprit du molu.

— Il vous suivra en effaçant toute trace de vos odeurs.

La créature ouvrit un livre minuscule et y plongea sa tête.

— Que lit-il ?

— Le livre de la Destinée.

Les caractères étaient trop petits pour être déchiffrés. L'esprit fit disparaître l'étrange ouvrage d'un clignement de paupières. Il écarta ensuite les ailes, s'envola avec l'aisance d'une libellule et voltigea de-ci de-là, dans les frondaisons. J'essayai de le repérer au milieu des feuillages. En vain.

Un hurlement sinistre retentit soudain sur l'Île. Mon cœur s'arrêta. Koras me traquait pour assouvir la vengeance des Cyclopes.

Chapitre 15

Avant notre départ, je rendis à Kelya sa tunique aux reflets chatoyants. Elle s'éclipsa momentanément pour revêtir son habit de nymphe. Quand elle fut prête, Drus attira sa fille contre lui en l'enveloppant de ses rameaux et lui insuffla une énergie puissante qui la souleva du sol. Puis il desserra son étreinte et la laissa s'éloigner, avec regret. Kelya pleurait. Pressentait-elle qu'elle ne reverrait plus son père ? Elle rejoignit sa mère et se pencha solennellement au-dessus de la source en caressant les embruns d'argent. À chaque larme tombée dans le courant répondaient en écho ces quatre mots :

— Hydra est avec toi... Hydra est avec toi...

Nous quittâmes la clairière, suivis du jeune

esprit virevoltant. Kelya se retourna une dernière fois pour saluer ses parents, puis s'enfonça dans la forêt. Le sang de Circé mêlé à la sève du grand chêne m'assurait une protection efficace : aucune plante, à mon passage, ne se montrait agressive. Au détour d'une colline, Kelya s'arrêta pour soigner un arbuste blessé. Je profitai de cette pause pour me pencher au-dessus d'une mare aux eaux claires.

— Mon œil droit continue de grossir, lâchai-je, désespéré.

Kelya s'approcha et me dit :

— Derrière cet œil qui te fait si peur, il y a un humain courageux, Alexandros. Je t'ai vu lutter quand tu étais pourceau. Beaucoup de créatures auraient renoncé.

Elle me fixait avec une force stupéfiante. Je la remerciai pour ses paroles. Le moment me sembla venu de la questionner sur son épaule.

— Hier soir, la brise a soulevé la fougère qui cachait ta nuque. Ton épaule gauche s'est découverte.

L'expression de son visage changea subitement.

— Mon père est un chêne, dit-elle. Cette épaule noueuse est pareille à une écorce. Tout le haut de mon bras est parcouru de sillons fibreux.

Je sentis qu'une colère l'habitait. Elle m'en

voulait de ne pas avoir répondu à sa déclaration devant ses parents.

— Kelya... Je suis désolé pour ma froideur quand tu m'as révélé tes sentiments. À part ma famille, les autres m'ont toujours montré de la pitié ou du mépris. Et puis une fille s'est servie de moi pour...

— Nous ne pouvons pas rester ici, me coupa-t-elle comme si elle ne désirait pas entendre mes excuses. Le monstre doit être à nos trousses.

Elle s'éloigna vers le nord telle une biche pressée. Je la suivis, déçu et résigné.

Nous arrivâmes devant une nouvelle rivière écœurante. Elle était encore plus écarlate et chaude que le torrent traversé la veille.

— Nous allons la longer, me dit Kelya. Ulysse a brûlé la dépouille d'Elpénor à son embouchure.

L'île paraissait éteinte, comme si la disparition de Circé avait gelé toute vie. Mon œil droit continuait de grossir et je n'y pouvais rien.

Tenir coûte que coûte. Ne pas céder au désespoir. Me rappeler que résoudre l'énigme d'Ulysse me sortirait de ce cauchemar.

Nous parvînmes sur la côte à la moitié du jour. La chaleur était harassante et la sueur inondait mon front. Le fleuve vomissait ses eaux rouges. À l'extrémité de cet estuaire sinistre, Kelya désigna un tumulus accroché à la grève écumante.

— Voici le tombeau, déclara-t-elle.

Troublée, elle resta un long moment à l'observer.

— Quelque chose ne va pas ?

Elle ne répondit pas, se contentant de rejoindre l'aplomb rocheux.

— Les cendres d'Elpénor sont là.

Une stèle avait survécu aux assauts du temps. Kelya s'interrompit, les yeux embués.

— Pourquoi es-tu si triste ?

Elle accepta enfin de se livrer.

— Le matin où Ulysse a décidé de quitter Aiaié pour rejoindre l'Hadès(1), Elpénor m'a approchée. Il empestait le vin. Il a cherché à m'embrasser... Je lui ai résisté. En m'agrippant, il a découvert que mon épaule avait la chair des arbres et il a ri... Je l'entends encore se moquer de moi en répétant : *Kelya a une épaule de bois* ! Il est revenu à la charge. Je l'ai poussé, il a titubé... et il est tombé de la terrasse.

La nymphe inclina la tête.

1. Hadès : dieu grec du monde souterrain, où séjournent les ombres des morts. Son royaume porte souvent son nom. Ulysse fait partie des rares héros qui ont réussi à atteindre les Enfers et en sont revenus.

— Être responsable de la mort d'un être... c'est un fardeau terrible, Alexandros. Ses compagnons ont versé des flots de larmes.

Je tentai de la consoler :

— Tu n'y es pour rien, il avait bu. Il t'a agressée et tu t'es défendue.

Elle reprit son souffle et poursuivit :

— Son ombre est la première qu'Ulysse a rencontrée lors de son passage dans l'Hadès. Elpénor a supplié son roi de lui accorder des funérailles dignes d'un héros dès son retour sur Aiaié. Ulysse a tenu sa promesse. Pendant que la dépouille brûlait, j'avais l'impression que l'Île entière me désignait du doigt. Je suis restée longtemps auprès de mon père, prostrée, blottie entre ses racines. Hydra me réconfortait. J'ai appris plus tard que la rame d'Elpénor avait été plantée près de ses cendres. Comme tu le vois, les vents l'ont emportée.

Kelya observait le tumulus avec amertume.

— J'ai toujours refusé de venir jusqu'ici, dit-elle.

Elle tourna autour de la stèle pour tenter de trouver les caractères laissés par Ulysse.

— Je ne vois rien.

Je passai ma main sur la surface du granite et sentis de vagues encoches.

— L'énigme était gravée ici. Malheureusement, l'érosion l'a effacée.

Kelya caressa à son tour la pierre.

— Ulysse était trop malin pour négliger l'action des tempêtes. Il a dû user d'un stratagème... ou d'un enchantement pour préserver l'énigme.

— Un enchantement ?

— Crois-tu qu'il ait passé une année entière dans le palais de Circé sans apprendre quelque magie ? Ma maîtresse l'aimait et l'a initié à certains mystères.

Nous cherchâmes longtemps des indices, sans succès. Arborant un air amusé, le petit esprit nous observait, assis sur la stèle.

— Il sait, affirma Kelya. Il sait, mais il ne nous dira rien. L'esprit du molu ne révèle jamais les fils du destin.

Elle se leva et me murmura à l'oreille :

— Peut-être sera-t-il quand même sensible à mes prières ?

Se dressant, elle déclama :

— Esprit du molu, nous ne t'avons jamais importuné. Nous avons essayé de progresser seuls. Mais maintenant, je t'en conjure, montre-nous la voie.

Le petit être écarquilla les yeux, comme s'il sortait d'une longue torpeur. Puis il disparut entre les pierres de la tombe.

— Je ne suis parvenue qu'à l'irriter, soupira Kelya.

Elle se rassit à mes côtés et enfouit sa tête entre ses genoux.

— Peut-être pas, répondis-je. Peut-être nous montre-t-il simplement où Ulysse a caché l'énigme.

— Les cendres ! sursauta Kelya en attrapant mon regard.

En quelques secondes, nous déplaçâmes plusieurs pierres et découvrîmes au cœur du monticule une urne en terre cuite.

— Elles sont à l'intérieur.

Kelya souleva doucement le couvercle et une poussière grise apparut. Le petit esprit était là avec son sourire éternel. Des murmures s'échappaient du récipient.

— La voix d'Elpénor, s'exclama Kelya. Je la reconnais.

Le vent s'engouffra soudain dans l'urne. Il souleva les cendres du compagnon d'Ulysse et les éparpilla autour de nous. Nous entendîmes alors ces paroles :

— *Prisonnier de son cachot, il tape contre ses barreaux. Pourtant, personne n'est aussi libre que lui.*

— Toi qui es si fier d'avoir résolu l'énigme

de Circé, me lança la nymphe, emploie ton intelligence pour résoudre celle-ci.

Chapitre 16

— Qui peut être à la fois libre et prisonnier ? me répétais-je, fatigué. C'est encore une de ces énigmes dont les dieux ont le secret. (Je m'affalai sur le tumulus, dépité.) Pourquoi la vie doit-elle dépendre de devinettes ?

— De quoi dépend la vie d'un humain, dans ton monde ? me demanda Kelya.

— Dans mon monde ? On peut mourir de vieillesse, de maladie ou être victime d'un accident. Il y a aussi les guerres. Les hommes sont très doués pour se détruire entre eux. Ce ne sont pas les occasions qui manquent.

— Circé disait que chez vous, la vie et la mort alternent selon des règles qui vous échappent. Dans notre monde, un destin peut se jouer sur une énigme. Et aucun dieu, aucun héros n'a jamais contesté cela.

Je m'assis à ses côtés, sur la grève, en songeant aux paroles semées par les cendres. Je pensai aux Cicones et aux Lotophages, deux peuples rencontrés par Ulysse avant de débarquer sur l'île des Cyclopes, mais ces populations n'avaient jamais été retenues contre leur gré. Je proposai les vents d'Éole. Ils étaient à la fois prisonniers d'une outre magique et libres de tourbillonner à l'intérieur. Échec.

Pendant mes recherches, Kelya se leva face au Soleil, père de Circé : elle implora son aide pour affronter Koras. Ses longs cheveux flottaient dans les airs. Épuisée par ses incantations, elle se rassit sur le promontoire.

— Et si c'était Ulysse lui-même ? proposai-je soudain en tirant l'épée du fourreau. Son courage et son intelligence en faisaient un homme libre,ce qui ne l'a pas empêché d'être prisonnier du Cyclope et d'être retenu par Circé et Calypso.

Cette réponse n'eut pas plus de succès. J'énumérai alors tout ce qui pouvait être détenu par un tyran ou une déesse. En vain. Je prononçai nos propres noms sans plus de résultat.

— Ce n'est pas possible, m'énervai-je en lançant un galet dans la mer. Pourquoi doit-on résoudre une énigme aussi difficile ?

Kelya restait concentrée. Elle sollicita encore l'esprit de la fleur, gardien de la Destinée. Le petit être ne broncha pas. Il observait notre détresse, impassible, le regard perdu dans le vent. Combien de temps nous faudrait-il pour trouver la solution ? Je pensais aux longs mois qu'il m'avait fallu pour résoudre l'énigme de Circé, et ce souvenir n'incitait pas à l'optimisme. Un hurlement terrible fit soudain trembler l'Île.

— Koras !

Nous quittâmes précipitamment le tumulus. L'esprit du molu nous suivait à tire-d'aile en effaçant les odeurs que nous laissions dans notre sillage.

Kelya évitait les clairières pour marcher à couvert. Parvenue au croisement de plusieurs sentiers, elle se retourna :

— Un seul chemin conduit au...

Elle s'interrompit en regardant par-dessus mon épaule. Je fis volte-face et découvris un loup aux crocs menaçants, dressé sur un rocher.

—Yorg ! lança la nymphe sur un ton de défi.

— Je me doutais que vous emprunteriez ce chemin, dit la bête. Si ça ne tenait qu'à moi, je vous égorgerais, mais le Cyclope vous veut vivants.

Il examina mon visage.

— L'œil de l'humain a une belle taille, ricana-t-il. Koras sera content.

— Laisse-nous ! lui ordonnai-je.

— Vous laisser ? dit la bête d'un ton cynique. Sûrement pas. Savez-vous comment me récompensera Koras si je vous livre ? Je deviendrai le maître de l'Île... après tant de siècles de soumission à la perfide Circé.

— Tu insultes ma maîtresse ! cria Kelya.

Le loup dévoila ses énormes crocs.

— Quelle importance ? Circé n'est plus.

— Tu as tué Yshtar. Tu paieras pour ce crime, le prévint la nymphe.

— Elle est morte pour n'avoir pas choisi le bon parti. Mais tout cela est déjà loin. Votre fuite s'achève ici.

Je dégainai l'épée d'Ulysse et m'écriai :

— Tu te trompes !

— Tu veux combattre, humain ? s'esclaffa Yorg. Garde tes forces. Tu en auras besoin quand Koras sera là.

Il allait hurler pour alerter le Cyclope lorsque Kelya fredonna des paroles, les bras tendus vers les arbres. Aussitôt, des craquements retentirent. Le loup inquiet scruta les frondaisons.

— À plat ventre ! m'avertit la nymphe.

Je plongeai à terre au moment où résonna un énorme fracas. Deux sycomores géants balancèrent leurs feuillages, cinglant le sol avec une violence inouïe. Leurs branches craquaient, se brisaient. De leurs blessures s'écoulait une sève blanche : un sang d'écume.

— Suis-moi, me conseilla Kelya en se faufilant entre les rochers.

Nous trouvâmes refuge sous une souche. Au-dessus de nos têtes, les arbres continuaient de fouetter l'air. Un craquement plus fort se fit entendre, suivi d'une plainte déchirante. Puis le silence... angoissant.

— Comment as-tu fait ? lui demandai-je.

— Je connais le langage des sycomores, répondit-elle. La colère s'est emparée d'eux quand je leur ai traduit l'insulte de Yorg à l'encontre de Circé.

Elle se leva avec prudence pour examiner les lieux :

—Yorg a rejoint l'Hadès.

Le corps du loup reposait, inerte, sur le sol. Les sycomores l'avaient puni.

— Dommage qu'il n'ait pas souffert davantage, maugréa Kelya. J'aurais voulu qu'il paye plus lourdement son...

— L'esprit de la fleur ! l'interrompis-je. Où est-il ?

Nous scrutâmes les alentours. Le sous-bois était devenu un chaos de branches.

— Là, signalai-je en désignant une lueur pâle.

L'esprit était étendu sur un rocher.

— Il a été touché, constata Kelya.

— Touché ?

— Par le sang des sycomores. Regarde... Pour l'esprit d'une fleur, rien n'est plus dangereux que la sève de ces arbres. C'est un acide qui ronge leur vitalité.

Elle s'agenouilla, prit le blessé entre ses doigts et le posa délicatement sur un tapis de mousse. Il semblait dormir. La nymphe entonna alors une mélodie cristalline. Une source, puis une autre surgirent autour de l'esprit. Le ruisseau serpenta le long de ses bras, de ses jambes et caressa son visage. Lorsque l'eau pénétra dans la bouche du blessé, celui-ci ouvrit les yeux et nous contempla, étonné.

— Il est guéri, lâcha simplement Kelya.

L'esprit jeta un regard dans notre dos et ses yeux s'alarmèrent. Nous nous retournâmes...

— Yorg !

Le loup n'avait été qu'assommé. Il nous fixait, menaçant, entre deux bosquets.

— Votre sort est scellé, gronda-t-il.

Il bondit, me renversa sur le sol, puis sauta à la

gorge de Kelya. La nymphe eut juste le temps de lever son poignet pour se protéger. Mais le loup referma ses crocs dessus et la traîna par le bras entre les rochers.

— Kelya !!!

Je grimpai sur la souche d'un sycomore.

— Lâche-la ! ordonnai-je. Et bats-toi !

Yorg desserra son étreinte et me fit face. Ses yeux jaunes me transperçaient. Je brandis le glaive d'Ulysse pour lui montrer qu'il ne m'impressionnait pas. Il fit un bond en arrière et se replia derrière un fourré.

— Prends garde, m'avertit Kelya.

À l'endroit où avait disparu le loup se dressa brusquement un guerrier géant. Il était armé d'une gigantesque épée, et sa cuirasse était couverte de dents de sanglier.

— Koras a rompu les sortilèges de Circé, expliqua Yorg en souriant sournoisement. Je peux retrouver mon aspect humain quand je le veux.

— Rallie-toi à nous, lui lançai-je.

Une lueur démoniaque traversa ses pupilles.

— Me rallier à vous ? Quel avantage en tirerai-je ?

— Nous t'aiderons à rejoindre le monde des humains.

— Le monde des humains ? Il y a bien longtemps que je n'y pense plus. J'en ai oublié jusqu'au nom de ma patrie. Non... je veux devenir le maître d'Aiaié.

Il stria l'air de son glaive.

— Combien de fois ai-je rêvé de retrouver mon épée !

Il avança et m'adressa un premier coup que je réussis à esquiver. J'étais à peine relevé qu'il m'attaqua de nouveau.

Guide-moi, épée, guide-moi... Sifflent les lames, choquent les bronzes. Le poignet ferme, le bras rigide. Ne jamais rompre. Jamais !

Je sentais piaffer les juments ciselées sur la poignée. Elles insufflaient leur hargne à la lame effilée. Je rendais coup sur coup mais fléchissais irrémédiablement sous les assauts de Yorg. Je finis par buter contre une pierre. Le guerrier saisit l'occasion pour frapper encore plus fort. Je brandis l'épée d'Ulysse et réussis à bloquer son attaque. Hélas, sous le choc, l'arme quitta mes mains et voltigea dans un ravin.

— Tu es à moi, se réjouit Yorg.

— Alexandros ! m'avertit soudain Kelya.

Des hennissements retentirent dans mon dos. À l'endroit où l'épée était tombée, trois juments blanches avaient surgi du ravin, trois juments à l'encolure large et aux sabots d'ébène. Des souffles puissants jaillissaient de leurs naseaux.

Elles se ruèrent dans ma direction et m'évitèrent de justesse avant de se jeter sur Yorg. Le guerrier ne broncha pas. Il offrit son corps massif à la hargne des cavales en poussant un hurlement sauvage. Ce cri arrêta net les juments.

— Approchez ! criait-il. Venez défier mon glaive !

Yorg entailla par trois fois les cavales, et par trois fois leur plaie se referma.

— Par Zeus ! aboya le guerrier. Je jure que je transpercerai votre cœur, et aucune magie ne pourra vous sauver.

Le colosse esquiva une ruade, s'approcha d'une jument et plongea sa lame dans son poitrail. La bête poussa un hennissement déchirant, se cabra une dernière fois et s'affaissa dans un nuage de poussière. Les deux autres chargèrent de plus belle. Mais Yorg esquivait leurs sabots. Je me penchai et croisai la pupille inerte de la jument blessée. Une larme de sang glissa sur sa joue et se perdit dans son crin blanc. Au fond du ravin, l'épée d'Ulysse fredonna soudain une mélodie.

Ramper jusqu'au fossé. Saisir l'épée...

Yorg se jouait des attaques des cavales. Son glaive transperça un deuxième poitrail. La jument s'affaissa, sans un soupir, la tête basculant dans les feuilles.

— Tu veux rejoindre tes sœurs ? ironisa le guerrier en menaçant la dernière.

Celle-ci releva la tête pour braver la mort quand elle flaira le glaive d'Ulysse que je venais de prendre entre mes mains. Elle recula jusqu'à moi.

— Tu abandonnes ? ricana Yorg.

Entonne l'épée le refrain des Ténèbres...

Je grimpai sur la monture et agrippai la crinière. La jument se cabra, chargea le colosse et s'empala sur son glaive. Au même moment, l'épée d'Ulysse déchira l'armure de mon ennemi. La lame traversa la cuirasse et pénétra la chair. Elle transperça son cœur. Le visage du guerrier se figea en un rictus amer. La jument s'écroula, me projetant dans les fougères.

S'étire le temps. S'écoule le sang...

Lorsque je rouvris les yeux, Kelya était accroupie devant trois dômes de feuilles. Elle fredonnait une complainte.

— Kelya, que fais-tu ?

— Je chante pour les cavales qui ont sacrifié leur vie.

Sa morsure au bras avait déjà cicatrisé : des fibres de bois s'enchevêtraient là où la chair avait été broyée.

— Yorg est derrière toi, murmura-t-elle. En mourant, il s'est retransformé en loup.

Je m'approchai et retirai l'épée du corps inerte. L'arme avait perdu ses juments finement ciselées. Toutes les trois reposaient à jamais sous les collines de feuilles. Je rangeai le glaive dans son fourreau de fils blancs. L'esprit du molu apparut soudain en se frottant les paupières. Il s'envola avec aisance, puis s'assit sur une fleur. L'espoir illuminait son regard.

— Il souhaite nous aider, annonça Kelya.

— Nous aider ? Alors qu'il nous donne la clé de l'énigme !

— Chut...

L'esprit fit signe à la nymphe d'approcher. Kelya répondit à son appel et s'agenouilla devant lui. Des murmures s'échappèrent.

— Que dit-il ? demandai-je.

— Il nous conseille de dépecer Yorg.

— Quoi ?

— Il veut que tu revêtes sa fourrure. Mieux vaut lui obéir.

— Kelya... C'est quelque chose que...

— Le loup est mort, m'interrompit la nymphe. Que crains-tu ?

Surmontant mon écœurement, j'accomplis la besogne sanglante avec la lame tranchante de l'épée d'Ulysse.

— Voilà, lâchai-je avec dégoût.

En croyant essuyer mon visage, je maculai davantage mes joues de sang. Kelya souleva solennellement la fourrure et la déposa sur mes épaules. Après avoir porté la tunique d'une nymphe, à quoi devais-je ressembler ?

— Tu as risqué ta vie pour moi, déclara-t-elle en me fixant.

— Je ne laisserai personne te faire du mal.

Elle tendit sa main et caressa du bout des doigts mes lèvres barbares, avant de s'éloigner.

Chapitre 17

Le sentier qui menait à l'Étang des Ténèbres n'était large que de quelques pieds et s'engageait au milieu de marécages noirs et nauséabonds. Des brumes aux ventres opaques s'accrochaient aux cimes des arbres et leur soutiraient des gémissements. Parfois, des lueurs blafardes transperçaient les frondaisons et s'abattaient sur des nappes fantomatiques. Aiaié s'habillait du manteau triste des forces obscures. Et je sentais toujours mon œil grossir...

Certaines racines sinuaient dans l'eau à la manière des reptiles, et de sombres rochers émettaient, à notre passage, d'étranges plaintes.

— Ils essaient de nous attirer à eux, m'avertit Kelya. Ne les écoute pas.

J'aperçus les silhouettes évanescentes de deux

chevreuils à travers le brouillard. Ils se débattaient. Des racines enchaînaient leurs pattes, tandis que leurs ramures étranglées par des lianes s'agitaient dans le sous-bois.

— Les Crétois !

Ils s'étaient aventurés dans cette forêt en pensant trouver leur salut, mais le marécage les digérait.

— Nous ne pouvons rien pour eux, regretta Kelya.

Plus loin, nous découvrîmes un lièvre de grande taille étendu sur le sentier. Sa tête et son poitrail nous barraient le chemin. L'arrière de son corps flottait dans le marais telle une outre gorgée d'eau. Ses viscères en putréfaction dégageaient une odeur nauséabonde. Je sortis l'épée d'Ulysse pour écarter l'animal. Hélas, mon pied glissa et je dus me rattraper à un rocher.

— Alexandros ! s'écria Kelya comme si j'avais commis un crime. Ta main !

Mon poignet était gagné par la fraîcheur de la pierre et je ne pouvais pas le retirer. La roche me pétrifiait ! Kelya eut le réflexe de saisir mon autre bras et tira de toutes ses forces pour me libérer. Elle y parvint en m'arrachant un hurlement de douleur. J'avais l'impression que mon poignet se disloquait. Une armada de grosses fourmis surgit soudain de la dépouille du lièvre, crissant et stridulant. Paniqués, nous bondîmes par-dessus la bête et détalâmes sur le sentier. La peur nous donnait des ailes. Quand nous nous arrêtâmes, épuisés, les fourmis étaient loin derrière nous. Pourtant, nous continuâmes de trembler longtemps, les yeux rivés sur le sentier, persuadés que les cohortes d'insectes pouvaient surgir à tout moment. L'esprit du molu n'avait pas eu à fournir beaucoup d'efforts pour accompagner notre fuite : il était agrippé à l'épaule de Kelya.

Ce n'est que lorsque nous reprîmes notre souffle que de pénibles élancements naquirent dans mon bras gauche. Je retroussai ma manche et constatai les dégâts : la main qui avait été en contact avec le rocher enflait. Kelya déchira le bas de sa tunique et banda mon poignet. Elle prononça des paroles douces qui soulagèrent mes souffrances. Je m'en voulais d'avoir bêtement offert aux marais l'occasion de me blesser.

Le paysage évoluait à mesure que nous avancions : les marécages s'asséchaient, les arbres rapetissaient, et des colonnes de pierres formaient d'étranges piliers qui obstruaient l'horizon. Nous parvînmes dans un vallon brûlé par le soleil, encombré de dizaines de rochers hauts comme des maisons.

— Certains sont percés. Ils me font penser à des vertèbres de baleine, dis-je à Kelya.

— Avant l'arrivée de Circé, l'Île était peuplée de monstres infernaux. Ma maîtresse les a terrassés ici. Les vertèbres sont ce qui reste des vaincus.

— Elle les a tous tués ?

— Non. Elle a conclu un pacte avec les survivants. Elle les a laissés en paix à condition qu'ils ne quittent jamais l'Étang des Ténèbres. Je suis venue une fois jusqu'ici avec elle. Elle m'a fait promettre de ne jamais m'engager plus loin.

— Pourquoi ?

— Parce qu'au-delà de ces ossements commence un royaume où la magie et la folie se disputent le pouvoir.

Je m'approchai d'une des vertèbres et remarquai de fines toiles d'araignée tendues à travers le trou central.

— Où sont les créatures qui ont tissé ces pièges ? demandai-je.

— Ne restons pas là, m'avertit Kelya.

Devant nous débutait un étroit défilé aux parois impressionnantes.

— Je n'aime pas ça, confiai-je. Si nous nous

engageons, n'importe qui pourra nous écraser en basculant de grosses pierres depuis les hauteurs.

— Nous n'avons pas le choix. C'est le seul chemin qui mène à l'Étang des Ténèbres.

Nous avançâmes prudemment, nos sens en alerte.

— Tu as une idée de sa longueur ?

— Non, me répondit Kelya.

Le vent soudain se leva, porteur d'une mélodie jouée par une multitude de lyres. Au-dessus de nos têtes, le ciel veiné s'habilla de nuages pourpres.

— Kelya... Je sens que...

Un craquement effroyable couvrit ma voix. On eût dit que la terre se soulevait. Puis plus rien. Seules retentissait encore l'étrange musique. Kelya et moi restâmes paralysés, le regard perdu sur les falaises, épiant le moindre signe d'éboulement.

— C'était... quoi ? balbutiai-je.

— Le défilé.

— Le défilé ?

— Il se réveille.

Les parois craquèrent de nouveau dans un vacarme assourdissant, puis se mirent en mouvement.

— Elles vont nous broyer, cria Kelya. Cours !

Dès les premières enjambées, les douleurs à

mon bras se ravivèrent. Je devais accélérer en serrant mon poignet contre moi. Atteindre la sortie... coûte que coûte ! La largeur du couloir s'était déjà réduite de moitié quand Kelya s'arrêta, à bout de souffle. Le piège se refermait sur nous.

— Nous n'y... arriverons... jamais.

L'air me manquait. Mes poumons s'enflammaient. L'esprit de la fleur nous adressait des regards désespérés. Nous distinguâmes tout à coup un olivier, loin devant nous.

— Il faut l'atteindre ! dis-je à Kelya.

Je lâchai mon poignet, lui pris la main et réussis à courir avec elle jusqu'à l'arbre. Lorsque nous l'atteignîmes, le défilé ne mesurait plus qu'une vingtaine de mètres de large. Kelya ouvrit ses bras et enlaça l'olivier. Sans se préoccuper du tumulte, elle lui parla. Sa joue frôlait l'écorce, ses mains caressaient le tronc. Mais l'arbre ne bronchait pas.

— Réveille-toi ! supplia-t-elle. Ou tu seras écrasé avec nous.

L'arbre frémit comme s'il se réveillait d'une longue torpeur.

— Toi seul peux nous sauver, insista Kelya. Toi seul.

Alors l'olivier nous révéla :

— Ce sont les toiles d'araignée... qui ensorcellent les parois.

Je me tournai vers Kelya et lui lançai :

— J'y vais !

Je fis demi-tour et courus entre les parois menaçantes. Il me fallait éviter les pierres qui se détachaient des sommets. J'entrevis bientôt l'entrée du défilé et derrière, les amas de vertèbres. En déboulant dans la vallée, je perçus distinctement les mélodies. Elles émanaient des toiles géantes tremblant sous le vent. Je dégainai l'épée d'Ulysse et me jetai sur elles, coupant les fils ensorcelés.

Dans le canyon, les falaises atteignaient déjà les branches de l'olivier.

— Résiste, suppliait Kelya.

L'arbre aurait dû céder, mais c'était sans compter sur la nymphe qui enserrait le tronc. Un avec l'olivier, un avec Aiaié.

J'avais déchiré la moitié des toiles quand les parois donnèrent des signes de relâchement. Elles s'immobilisèrent définitivement lorsque toutes les mélodies cessèrent. Un lourd silence s'instaura. Éreinté, je me laissai tomber sur le sol. J'essayais de reprendre mon souffle, observant le spectacle de la lame entièrement recouverte des fils qu'elle avait tranchés. Qui avait pu concevoir un tel sortilège ? Circé ? Les monstres infernaux ?

J'ignorais que derrière moi une multitude de pattes velues s'affairaient. Des araignées poilues, aussi grosses que des souches d'arbres, sortaient de leurs trous et me cernaient. Fuir ? Il était trop tard. J'eus juste le temps de m'adosser à un rocher en repoussant les créatures de mon épée.

— D'où viens-tu étranger ? demandèrent les mygales géantes.

— D'Ithaque, lançai-je, prêt à défendre chèrement ma peau.

Elles agitèrent leurs crochets à venin.

— D'où vient ton arme ?

— Elle appartenait au grand héros Ulysse. Lui-même l'a offerte à Circé. Attaquez et vous ferez connaissance avec sa lame.

À ma profonde stupéfaction, les araignées s'arrêtèrent :

— Le fourreau de cette épée est un cadeau que nous avions offert à Circé en gage d'amitié. Il est tissé de nos plus solides fils de soie. Pourquoi est-il à ta ceinture ?

— J'ai trouvé cette arme dans le palais de Circé. Le Cyclope Koras a vaincu la magicienne et il veut me capturer.

La plus grosse des araignées tendit une de ses huit pattes velues et la dirigea vers moi. Elle s'attarda sur la fourrure de Yorg qui me couvrait, puis remonta jusqu'à ma tête. Je préférai ne pas bouger. Sa griffe frôla mon nez, mon gros œil et tourna lentement autour de mon crâne.

— Il dit la vérité, annonça-t-elle soudain.

Les bêtes émirent des plaintes stridentes.

— Circé nous a confié la garde du défilé, m'expliqua celle qui paraissait être la chef. Elle nous a donné pour mission d'en interdire l'accès à ses ennemis. Nos « lyres » en ont broyé plus d'un. À ses alliés, elle nous a chargées de dire qu'au-delà de cette vallée les plus grands dangers les guettent. Ne reste pas ici.

— Mon amie est dans le défilé, répondis-je. Je ne l'abandonnerai pas.

— Alors soit. Poursuis ton chemin, étranger. Et souviens-toi que nous t'avons épargné.

Chacune, en silence, gagna une vertèbre pour y tisser une nouvelle toile.

Je rejoignis Kelya au centre du canyon et nous tombâmes dans les bras l'un de l'autre.

— J'ai cru que tout était fini, lançai-je après lui avoir expliqué ma rencontre avec les mygales.

Nous remerciâmes l'olivier et le quittâmes, impatients de sortir du piège. L'esprit du molu nous suivait, tantôt serein, tantôt inquiet. Que savait-il vraiment sur notre destinée ?

Tout était-il écrit, ou lisait-il nos vies à mesure qu'elles s'écrivaient ?

Nous sûmes que la fin de nos efforts était proche quand d'infects effluves irritèrent nos narines. Un énorme fracas retentit au même moment : derrière nous, les parois du défilé s'écartaient pour retrouver leur position initiale. Les « lyres » reconstituées par les araignées attendaient leurs futures victimes. Nous avançâmes encore et débouchâmes dans un cirque où croupissait un lac aux eaux sombres.

— L'Étang des Ténèbres, murmura Kelya.

Tout semblait calme. Pas un bruit, pas une ride à la surface de l'eau. De hautes falaises cernaient le lieu. L'une d'elles se dressait juste devant nous, sur la rive opposée de l'Étang. Son ascension paraissait réalisable, d'autant qu'une succession de récifs menait jusqu'à elle. Les yeux de la nymphe scrutaient les eaux noires.

— Ils sont là, m'avertit-elle. Je les sens... tapis au fond de l'eau.

— Qui ?

— Les monstres infernaux. Notre seul espoir est qu'ils anéantissent Koras.

— Et nous ?

— Nous assisterons au spectacle.

Elle m'ôta la fourrure de Yorg et la lâcha au-dessus de l'Étang. Nous retenions notre respiration. Un grondement sourd se fit bientôt entendre, accompagné d'un bouillonnement. Un gigantesque tentacule jaillit des profondeurs, tournoya en l'air, puis disparut dans l'eau en emportant la peau.

— Maintenant ! cria Kelya.

La nymphe sauta sur le premier rocher affleurant. Je m'élançai à mon tour et bondis dans son sillage, quand un bras visqueux surgit de l'Étang et s'enroula autour de mes jambes.

— Kelya !

Je sortis l'épée d'Ulysse et frappai de toutes mes forces le tentacule. Il lâcha prise. J'en profitai pour sauter sur le deuxième rocher, puis le troisième. Je parvins au pied de la paroi au moment où un nouveau bras apparut.

— Grimpe ! cria la nymphe perchée au-dessus de moi.

Surmontant ma douleur au poignet, j'entrepris l'ascension. Hélas, l'épée m'échappa. Elle rebondit plusieurs fois le long de la paroi et s'immobilisa au bord de l'Étang.

— Laisse-la, me dit Kelya.

J'escaladai les derniers mètres du piton, tandis que l'énorme tentacule fouettait l'air sous mes talons.

J'ignore par quel miracle nous parvînmes indemnes au sommet. Nous étions exténués, nos muscles tétanisés, nos genoux et nos mains écorchés. Au pied du promontoire, les eaux lugubres de l'Étang renouaient avec une paix trompeuse. Je scrutai l'horizon et aperçus, juste derrière le défilé, la forêt que nous avions traversée. Une saignée s'était formée : Koras approchait. Et les arbres cédaient, impuissants, devant l'avancée furieuse du monstre.

Chapitre 18

Le Cyclope s'engouffra dans le défilé.

— Si seulement les falaises pouvaient le broyer, s'exclama Kelya, pleine d'espoir.

Comme pour lui répondre, les mélodies des « lyres » mirent en branle les parois. Celles-ci s'approchèrent de nouveau l'une de l'autre et un craquement effroyable s'en suivit. Nous crûmes un instant qu'il s'agissait des os du Cyclope, mais l'illusion fut de courte durée : des branches arrachées jaillirent du défilé et atterrirent sur le plateau.

— L'olivier ! hurla Kelya. Il l'a tué. Il l'a tué !

Koras l'avait déraciné et s'était servi de son tronc pour bloquer les mâchoires du canyon.

— Je le détruirai, jura Kelya.

Deux loups atteignirent la rive de l'Étang. Juste

avant que le reste de la horde les rejoigne, je pris la nymphe par le bras et la guidai derrière un rocher. De cette cache, nous pouvions tout observer. Le Cyclope apparut en contrebas, les muscles saillants et le torse bardé de cuir. Des cadavres de mygales géantes pendaient à sa taille.

— Pourquoi vous arrêtez-vous ? demanda-t-il aux bêtes.

— Ils ont sûrement été dévorés par les monstres infernaux, expliqua un lion.

Koras s'approcha de la rive et remarqua les pierres affleurantes.

— Ils ont franchi l'Étang en sautant sur ces récifs, assura-t-il, et ils ont escaladé ce piton. Peut-être même nous observent-ils de là-haut ?

Un frisson parcourut mon corps. Le Cyclope aperçut soudain l'épée d'Ulysse au pied de la paroi.

— Ce glaive me donne raison. Il a dû tomber pendant leur ascension.

Il plaça ses mains en porte-voix et hurla :

— Prépare-toi, humain ! Je dégusterai ta cervelle en l'honneur de Poséidon !

— Comment auraient-ils pu franchir sains et saufs ces eaux noires ? protesta un loup. Je prétends qu'ils ont été dévorés, et ce sera notre tour si nous ne quittons pas ce lieu. Je sens la présence des monstres. Ils nous épient.

— Je connais un moyen de le vérifier, lança Koras.

Il saisit le loup par la gorge, le souleva de terre et le jeta au milieu de l'Étang. Aussitôt, la horde riposta en se ruant sur le Cyclope. Les mains du géant frappaient de toute part, assommant les lions, projetant les loups dans les airs. Les bêtes ne réussissaient qu'à griffer ses cuisses ou à lacérer les peaux de mouton qui protégeaient sa taille. Ceux qui tombèrent dans les eaux voulurent regagner la berge, mais des tentacules gigantesques crevèrent la surface. Les bêtes furent happées et entraînées dans les profondeurs au milieu de mugissements terribles.

Brisées, les échines. Noyés, les cris...

Le carnage cessa quand toutes les créatures furent englouties. Alors seulement les tentacules rejoignirent les abîmes. Tandis que des bulles de sang éclataient encore en surface, Koras se tourna vers l'unique rescapé : un lion retranché loin de la rive.

— Veux-tu subir le même sort ? menaça-t-il. Ou m'écouteras-tu ?

— Que proposes-tu ? demanda le fauve.

— Je vais affronter la pieuvre qui règne en ces eaux. Si je triomphe, tu m'aideras à capturer l'humain. En récompense, je te laisserai devenir le maître de l'Île.

Le lion observa pendant un long moment l'Étang lugubre.

— J'accepte, lança-t-il.

Kelya ne put réprimer un sourire.

— Le Cyclope ne pourra jamais vaincre le monstre, prédit-elle. Sa folie va le détruire.

Koras avança dans l'Étang, lentement, en prenant soin de ne pas glisser sur le fond vaseux. Les eaux noires atteignaient ses cuisses quand un tentacule se faufila entre ses jambes. L'étreinte fut aussi soudaine que brutale. Le Cyclope, surpris, vacilla et devint pâle. Impossible de saisir les anneaux qui enserraient ses membres. Dans un bouillonnement d'écume, un deuxième, puis un troisième tentacule jaillirent et s'enroulèrent autour de sa poitrine. Le bassin comprimé, Koras crachait tout l'air de ses poumons. Ce fut le moment que choisit le monstre des Ténèbres pour faire surface.

— Kelya... regarde... Ce ne sont pas des tentacules... ce sont des tresses ! C'est...

— Circé !

L'immense tête de la magicienne, aussi haute que le géant, venait d'émerger. Elle riait effroyablement en soulevant le Cyclope dans les airs.

Ce n'était pas la Circé gracieuse et impériale qui m'avait accueilli dans son palais, mais une magicienne en furie défigurée par la haine, le regard rempli de flammes.

— Elle a rejoint... les monstres infernaux, s'étrangla Kelya.

Circé balança Koras au-dessus des eaux avant de l'approcher de sa gueule béante. Le Cyclope gigotait comme j'avais moi-même gigoté dans ses propres mains. Vaincu, il laissait ballotter sa tête. Mais, sur le point d'être broyé, il eut un dernier sursaut : il lança une incantation.

Rugissent les vagues sombres...

Je sentis le vent se charger d'un souffle chaud comme s'il quittait les naseaux d'un dragon. Poséidon se réveillait... Mû par l'immense force de son père, Koras libéra un bras. Et ce fut le début du cauchemar. Il s'empara d'un tentacule et le cisailla dans sa mâchoire. Grimaçant de douleur, Circé dut lâcher sa proie. À peine retombé dans l'Étang, Koras fouetta l'air avec le bras visqueux qu'il venait d'arracher. Par deux fois il entailla le visage de Circé. La magicienne, sonnée, balança sa tête d'avant en arrière. De ses yeux giclaient des larmes de lave qui embrasèrent l'Étang. Koras dut se précipiter sur la berge pour échapper au feu. Aveuglée, ivre de colère, Circé chercha le Cyclope en jetant tous ses tentacules dans la bataille. Ses tresses balayaient l'espace dans un sifflement assourdissant. Koras, tapi sur le sol, attendait que la tornade s'apaise. Dès les premiers signes de fatigue, il saisit les tentacules de Circé et les arracha un à un, avec autant de rage que le premier. Les hurlements de la magicienne étaient insoutenables. Kelya et moi nous réfugiâmes dans les bras l'un de l'autre, l'esprit de la fleur blotti au creux de nos poitrines. Nous plaquâmes nos mains contre nos oreilles et attendîmes, le cœur en abîme, que le carnage cesse. Nous tremblions à n'en plus pouvoir respirer. Le silence enfin se fit. Une nausée nous prit lorsque nous osâmes un regard : l'Étang des Ténèbres n'était plus qu'une mare de sang où flottait la tête méconnaissable de Circé. Koras, le corps lacéré, se dressait triomphalement sur la rive. Les yeux de Kelya prirent soudain la couleur des tempêtes.

Elle se leva, vacillante, et, les bras tendus vers la forêt, émit un chant guttural qui roula entre les veines du ciel et le ventre de la terre. Les nuées s'ouvrirent et des flèches de lumière jaillirent : le Soleil, père de Circé, alluma une étincelle de courage au sein de toutes les créatures. Quand le chant de la nymphe cessa, un lourd silence enveloppa l'Île.

Puis les vallées, les unes après les autres, s'agitèrent. Du sommet de la montagne, j'assistai, sidéré, à une marche prodigieuse : les pins, les chênes, les oliviers, les hêtres, portés par leurs racines, avançaient de concert vers l'Étang. Ils laissaient derrière eux un désert d'humus et de rochers. On eût dit un océan de verdure : chaque feuillage était une vague, chaque colline un récif. Pas de clameurs. Pas de chants. Mais un monde de grincements et de crissements, comme si une armada de fourmis besogneuses raclait le sol d'Aiaié. Les chevreuils, les lièvres et les autres animaux trottaient sous les frondaisons. Koras sentit ce qui se tramait et comprit qu'Aiaié tout entière allait l'absorber, le digérer. Il voulut échapper à son sort en retraversant le défilé, mais il était trop tard. Tout ce que comptait Aiaié convergeait déjà vers le canyon en une gigantesque marée.

— Mon père est parmi eux, s'exclama Kelya. Regarde...

Drus se dressait au milieu des bataillons d'arbres. Le plus grand, le plus majestueux de tous.

— Nous sommes sauvés, exulta-t-elle.

Les premiers chênes apparurent à la sortie du défilé. Koras lança sur eux d'énormes rochers pour arrêter leur progression. Les projectiles abattirent une dizaine d'arbres qui furent aussitôt remplacés par cent autres. L'armée verte se déversait sur l'Étang. Koras était perdu.

— Poséidon ! hurla le Cyclope en braquant son œil vers la mer. Je t'en conjure ! Aide ton fils !

Le dieu répondit par un tel coup de semonce que toutes les créatures d'Aiaié se figèrent. L'Île s'enfonça rapidement dans la pénombre. À l'horizon, l'océan enfla, se souleva et conçut une vague puissante, si haute qu'elle occultait le couchant. Mes cauchemars, encore aujourd'hui, sont hantés par cette muraille géante. Le tsunami se rua à l'assaut d'Aiaié. Kelya et moi nous enfouîmes dans une petite cavité, sous le rocher. La vague s'abattit sur la côte dans un tonnerre d'apocalypse. Les vents hurlaient, la terre tremblait, la foudre éventrait. Le trou où nous étions cachés se remplissait de boue. Kelya criait que jamais nous ne pourrions contenir la terre qui s'infiltrait de partout.

Heureusement notre abri tint bon. Les trombes d'eau s'essoufflèrent et finalement firent place à une bruine légère. Alors nous sortîmes de notre trou, couverts de boue, et constatâmes l'ampleur du désastre. Aiaié était devenue une terre de désolation. De vastes étendues de vase recouvraient l'Île. Les arbres avaient été balayés tels des fétus de paille. La mer était un immense cimetière où flottaient des milliers de créatures au milieu d'un chaos de troncs et de branchages.

— Mes parents... mes amis... murmura Kelya, effondrée.

Son visage se crispa.

— Je vais le tuer !

La douleur avait ébranlé sa raison. Elle voulut se lever. Je tentai de la retenir, mais elle se débattait comme une furie.

— Laisse-moi ! criait-elle. Laisse-moi !

J'eus toutes les peines du monde à la calmer.

— On ne peut rien contre lui, lui dis-je.

Prisonnière de mon étreinte, elle relâcha ses efforts.

— Pourquoi ? répétait-elle. Pourquoi ?

Elle prit son visage entre ses mains et versa toutes les larmes de son corps.

De violentes convulsions la traversaient.

— Kelya, lui chuchotai-je en embrassant son front. Kelya...

L'esprit de la fleur, maculé de vase et de terre, ressemblait à un petit sauvage. Je crus voir l'ombre de la compassion dans son regard.

Réfugiés sur le sommet le plus élevé de l'Île, nous avions échappé à la dévastation. Poséidon nous avait-il épargnés pour que Koras prélève mon œil ? Kelya et moi étions encore dans les bras l'un de l'autre, quand une voix retentit :

— Votre fin a sonné.

Des cailloux roulèrent autour de nous. Nous nous retournâmes. Le lion de Koras nous fixait. J'eus juste le temps d'apercevoir l'esprit du molu s'éclipser derrière notre rocher.

Chapitre 19

Alerté par le fauve, Koras escalada le piton.

— Du beau travail, se réjouit-il en nous découvrant.

Le géant se pencha sur nous. Son unique orbite était aussi rouge que la braise, et un mauvais sourire assombrissait son visage.

— Ton œil est en pleine croissance, me lança-t-il, satisfait.

Il avança son bras pour s'emparer de Kelya, mais je sautai devant sa main pour faire barrage.

— Laisse-la ! C'est moi que tu es venu chercher.

— Un humain qui me donne des ordres ! s'esclaffa le Cyclope.

Redevenant brusquement grave, il fronça son unique sourcil et beugla :

— Je suis fatigué de te poursuivre. Maintenant que je t'ai retrouvé, je vais m'amuser un peu. Je vais vous dépecer vivants, toi et elle, et je ferai deux tambours de vos peaux. Vous hurlerez tellement que Poséidon, mon père, vous entendra de son antre.

Pendant qu'il parlait, je remarquai, à une trentaine de mètres derrière nous, un tas de branches arrachées et enchevêtrées, probablement projetées là par le tsunami. Avant que le monstre réagisse, je courus à toutes jambes en direction de cette « pyramide ». Je parvins à l'atteindre et me faufilai dessous, comme une souris.

— Qu'espères-tu ? soupira le monstre.

— Viens me chercher ! Je suis prêt à combattre.

— Vraiment ? Ton arrogance est à la hauteur de ton imbécillité. Personne ne peut m'échapper.

— Prouve-le ! Je suis Alexandros d'Ithaque et je ne mourrai pas sans lutter.

Furieux, Koras frappa le sol du poing, ce qui eut pour effet d'ébranler l'amas de branches au-dessus de ma tête. L'une d'elles se libéra et tomba à mes pieds. Elle avait la grosseur d'un pieu, et l'extrémité arrachée présentait un aspect pointu. D'un revers de bras, le Cyclope frappa de nouveau violemment le tas. Je sentis les débris voler au-dessus de mon crâne. Comme certaines branches empêchaient encore le géant de me repérer, il voulut assener un nouveau coup. C'était mon ultime chance. Je saisis le pieu, le calai dans un trou et dirigeai sa pointe vers l'énorme main qui allait tout fracasser. La paume vint s'empaler sur mon arme de fortune et le monstre hurla de douleur.

— Maudit humain ! rugit-il.

De sa main valide, il arracha le pieu. J'en profitai pour dégager de ma ceinture le fourreau des araignées, dur comme de la corne. Si je parvenais à le lancer tel un couteau en direction de l'œil du Cyclope, peut-être réussirais-je à le crever ? J'armai mon bras et attendis que Koras tourne la tête dans ma direction. Dès qu'il me fixa, je propulsai le fourreau de toutes mes forces... Il tournoya dans l'air, mais le monstre le balaya comme une brindille avant qu'il n'atteigne son visage.

— Tu vas me payer cette blessure, cracha-t-il en montrant sa paume. J'arracherai lentement ton œil avant de te dépecer.

Il m'attrapa, saisit Kelya et nous emporta tous les deux en nous maudissant. En quelques enjambées, il parvint à la grotte où il s'était réfugié pendant le déluge. Il nous y jeta, s'assit et nous examina en silence. Kelya et moi nous serrions l'un contre l'autre, mêlant nos souffles et nos angoisses. Le Cyclope sortit des feuilles de sycomore d'une de ses poches et les appliqua contre sa plaie jusqu'à ce que le sang finisse de couler. Puis il tendit une main et frôla le dos de ma bien-aimée.

— Ne la touche pas ! hurlai-je.

Le monstre poussa un rire terrifiant. Une douleur fulgurante envahit tout d'un coup mon œil droit et brûla l'intérieur de mon crâne. J'avais l'impression qu'un tison rouge fourrageait mon cerveau. J'aurais voulu cogner ma tête contre la paroi de la grotte tellement la souffrance était insupportable, mais Kelya me retint et attira mon visage contre son ventre. Entre-temps, Koras avait saisi deux lianes. Il nous ligota l'un après l'autre, sans un mot, tirant sur les fibres jusqu'à ce qu'elles entaillent nos peaux.

— Le combat contre Circé m'a épuisé, déclara-t-il. Lion... Surveille-les. S'ils tentent de se libérer, réveille-moi. Je leur arracherai un membre pour les calmer.

Il se tourna encore vers nous et ajouta :

— Profitez de votre dernière nuit. Si les cauchemars vous assaillent, sachez qu'ils seront mille fois plus doux que les supplices qui vous attendent.

Il prit un silex et le percuta plusieurs fois contre un rocher. Puis il appliqua le côté tranchant sur sa main blessée. La pierre découpa la peau au premier contact, laissant suinter un filet de sang que le monstre lécha. Il sourit, posa le silex et s'allongea. Le lion, assis devant l'entrée, ne nous quittait pas des yeux.

Prisonnier de son cachot, il tape contre ses barreaux. Pourtant, personne n'est aussi libre que lui.

La solution de l'énigme restait introuvable. Je profitai d'un assoupissement du lion pour me pencher vers les liens de Kelya et tentai de les cisailler avec mes dents. Sans succès. Mon cœur s'arrêtait chaque fois que le monstre s'agitait. Je revoyais défiler les événements de cette journée et frémissais en repensant à l'Étang des Ténèbres, au combat de Circé, à l'ultime assaut de la forêt avant que la vague géante s'abatte sur Aiaié.

Au milieu de la nuit, l'esprit du molu réapparut. Il s'installa derrière une pierre pour lire le livre de la Destinée. Je lui demandais un mot, juste un mot.

— Donne-moi la clé de l'énigme. Qu'est-ce que tu veux ? Que Koras nous écorche, qu'il se repaisse de notre cervelle ?

L'esprit tournait les pages, impassible.

— Alexandros, murmura Kelya. Je croyais que rien ne pourrait nous séparer. Mais c'est faux. J'ai rêvé d'une vie à tes côtés, sur ton île. J'entendais des rires d'enfants. Je jouais avec eux dans une maison lumineuse. Je les endormais en fredonnant le refrain des sources. Tous ces rêves, Alexandros, vont s'éteindre.

Je fermai les yeux et revis Kelya telle que je l'avais découverte dans la grande salle du palais, avec sa chevelure légère, son corps virevoltant.

— Aiaié a été détruite à cause de moi, regrettai-je, prostré. Tes parents ont été balayés par le raz de marée. Tes amies ont été massacrées. Et voilà que je t'expose à un supplice atroce.

— Alexandros... Avant que le voile de la Nuit recouvre nos paupières, parle-moi de ta famille.

La tristesse me nouait la gorge.

— Alexandros, insista-t-elle. Parle-moi... Je me souviens de ta voix douce quand tu évoquais ton pays dans l'étable. Ton cœur s'était ouvert.

J'inspirai profondément et me livrai... pour elle.

— Jamais je n'oublierai le sourire de ma mère... le regard infini de mon père. Maman a un grain de beauté sous l'œil gauche... Papa l'embrasse toujours à cet endroit.

— Continue, me dit Kelya. Continue...

— Mes sœurs t'auraient plu. Lydia ressemble à une étoile blessée... Elle a les yeux qui s'excusent de vivre.

— Et Ithaque ?

— D'un monastère qui surplombe le petit port de Polis, le spectacle est grandiose. Je m'y rendais souvent. En tournant sur moi-même, je voyais défiler les îles de Céphalonie, de Leucate et l'entrée du golfe de Patras.

Le sommeil nous enveloppait. Juste avant de fermer les paupières, je lui avouai la vérité tapie au fond de mon cœur :

— La torture la plus cruelle sera de te quitter, Kelya. Parce que je t'aime.

Elle me sourit et murmura du bout des lèvres :

— Embrasse-moi.

Je réussis à tendre le cou et déposai sur ses lèvres mon premier baiser donné à une femme, un baiser tendre et passionné. Le premier et le dernier ?

À mon réveil, des rayons de lumière illuminaient le seuil de la caverne. La dernière aube de notre existence. Je voulus me tourner lentement vers Kelya, mais mon épaule heurta une racine.

— Kelya, chuchotai-je. Où es-tu ?

Je parvins à distinguer une silhouette dans la

demi-clarté : Koras était étendu à l'endroit où il s'était endormi, dans une posture étrange. Une vigoureuse « corde » l'étreignait, une liane qui rejoignait la racine contre laquelle je venais de buter.

— Kelya... Où es-tu ? Réponds-moi !

— Elle ne répondra pas.

Je me tournai vers l'entrée et découvris le lion. Il avançait vers moi, la gueule grande ouverte. Je fermai les yeux.

Adieu ma vie... Adieu Kelya, papa, maman, Lydia, Mélina...

Mais point de crocs enfoncés dans ma gorge. Point de membres déchiquetés. Je sentis mes liens se défaire : le fauve me détachait.

— Pourquoi me libères-tu ?

— Kelya a entravé le Cyclope pendant qu'il dormait, m'annonça le fauve.

J'observai dans la lueur de l'aurore le corps figé de Koras. D'épaisses branches enserraient ses jambes. Des ramifications rejoignaient ses bras et ses mains, les liant définitivement au rocher contre lequel le monstre s'était assoupi. Elles le condamnaient à l'immobilité. Je m'avançai encore et découvris avec stupéfaction sa tête étouffée par des rameaux. Les tiges l'étranglaient, dissimulant presque entièrement son visage, ne laissant apparaître que son nez. Elles obstruaient sa bouche et l'empêchaient d'invoquer Poséidon, son père, ou tout autre dieu qui aurait pu le délivrer. Je compris d'un coup : Kelya s'était transformée. Son épaule noueuse avait pris racine. Tout son corps s'était métamorphosé en liane pour ligoter le monstre endormi. Le Cyclope dut sentir mon odeur, car il bougea une narine. Je lui lançai :

— Je vais te tuer, Koras.

— Tu n'y parviendras pas, m'avertit le lion.

— Alors je vais le mutiler pour qu'il ne puisse plus jamais nuire.

Je m'approchai et susurrai à son oreille :

— Écoute bien ce que je vais te dire. Je vais te réduire à néant. Tu as massacré Circé et les créatures d'Aiaié. Kelya et moi te laisserons ici et....

— Koras est un immortel, m'interrompit le lion. Si Kelya relâche son étreinte, il vous poursuivra où que vous alliez.

— Alors je vais transpercer son corps autant de fois qu'il le faudra pour qu'il agonise éternellement dans cette grotte.

— Quelles que soient les blessures que tu lui infligeras, il survivra.

— Je veux que Kelya retrouve son corps de nymphe ! Je dénicherai des cordes pour...

— Aucun autre lien ne pourra la remplacer.

Ses racines s'enfoncent dans le sol d'Aiaié. Elle puise sa force dans la souffrance de l'Île.

Je restai pétrifié.

— Non... bredouillai-je. Ça ne peut pas se terminer comme ça... Pas comme ça...

J'aperçus l'esprit du molu caché derrière un rocher. Je me jetai sur lui en hurlant :

— Fais quelque chose ! Fais quelque chose !!!

— Il ne fera rien, répondit le lion.

Je me retournai et lançai au fauve :

— Pourquoi n'es-tu pas intervenu ? Pourquoi as-tu aidé le Cyclope à nous capturer ?

— Je le hais. Mais il m'aurait déchiqueté comme les autres si je m'étais dressé contre lui. J'attendais le moment propice.

La forme végétale de Kelya portait de fines feuilles à cinq lobes, presque transparentes. Je me penchai sur elle et l'implorai.

— Parle-moi. Parle-moi, je t'en supplie !

— Elle a choisi son destin, lâcha le lion.

L'esprit du molu s'envola. Il se posa sur la dernière feuille du dernier rameau de Kelya, celui qui masquait l'œil de Koras, au milieu du front. Tranquillement, le petit être fit éclore une fleur blanche semblable à celle d'un cerisier. Un fruit naquit, aussi rose que les joues de Kelya. Il se détacha, seul, roula au creux de ma paume... Et je perdis connaissance.

Cognent les vagues. Me brûle le sel.

Les coups répétés me bercent et me rendent fou. Quelle est cette mer ? Celle des Cyclopes ? Celle des hommes ?

Kelya... Où es-tu ?

Parfois, le vent caresse mes joues. Des mouettes m'observent, guettant la rupture du fil qui me relie à la vie.

Je suis Alexandros. Je suis né à Ithaque, la patrie d'Ulysse... à Ithaque, la patrie d'Ulysse... à Ithaque...

Chapitre 20

Des appels. Une silhouette descend du ciel. Est-ce toi, Kelya ? On m'élève sur une civière. Des visages dansent au-dessus de ma tête. J'entends :

— Laissez-le respirer.

Un homme en uniforme se penche sur moi. Il me demande si je me porte bien. Je bredouille que oui, enfin... je pense que oui. Mais je ne peux pas me lever.

— Où suis-je ?

— À bord d'un navire de la marine grecque. Tu flottais à la dérive sur ton bateau retourné.

— Alors... je suis revenu.

— Es-tu Alexandros Helias ?

— Oui...

L'officier a un regard troublant. De ceux qui transpercent les âmes. Il me demande :

— Te souviens-tu de ce qui s'est passé ?

— Je ne sais pas... Je ne sais plus...

— Ton bateau s'appelle bien le *Liberté* ?

— Oui...

Une mouette s'envole du pont. Je la vois épouser le vent, ses longues ailes étendues. Des nuages s'effilochent dans l'azur, s'étirent dans un ciel d'un bleu familier. Tout est si clair...

— Ça ne peut pas être lui, affirme un matelot en montrant un papier.

Son supérieur lui fait signe de se taire.

— Nous avons un problème, me prévient-il. Dans le signalement qu'on nous a communiqué, tu devrais avoir un œil... comment dire... plus gros que l'autre.

Je porte instinctivement ma main à mon œil droit, puis à mon œil gauche. Ils ont la même taille ! Une taille normale ! Je m'exclame :

— C'est fini !

— Comment ça, *c'est fini ?*

— Mon œil monstrueux... il est parti !

Les marins se regardent, dubitatifs.

— Transportez-le à l'infirmerie.

En traversant les salles sur une civière, je reconnais une pendule, celle qui était accrochée au mur du palais de Circé. Sauf que les aiguilles de celle-ci courent après le temps.

— Laissons-le tranquille, dit l'officier, croyant que j'ai besoin de m'assoupir.

Mais je n'ai pas sommeil. Je ne cesse de penser à ce que je viens de découvrir : mon visage n'est plus difforme ! La malédiction est terminée. Je me lève, titube vers le lavabo et me regarde dans le miroir. Mon visage est normal ! Il est celui que j'avais après l'intervention de Circé. J'ai vaincu les Cyclopes comme Ulysse il y a trois mille ans ! Je pense soudain à Kelya enfermée dans la grotte, entravant Koras. Pourquoi ne suis-je pas auprès d'elle ?

La porte s'ouvre. Le commandant entre, suivi d'un marin.

— Tu ne dors pas ?

— Je n'y arrive pas.

— Voici le matelot qui t'a hissé sur le navire. Il a quelque chose à te remettre.

L'homme s'approche et me dit, gêné :

— Tu serrais ça dans ta main.

Il me tend un fruit rose. Je m'en souviens très bien : c'est celui qui est tombé du rameau de Kelya juste avant que je perde connaissance.

— Je ne sais pas où tu l'as trouvé, ajoute-t-il, je n'ai jamais vu un fruit pareil.

Il le pose dans ma paume. Le fruit émet d'étranges pulsations. Des battements réguliers.

— Le cœur de Kelya...

— Comment ?

— Je m'en souviens maintenant : j'ai trouvé la réponse à l'énigme grâce à ce fruit. *Prisonnier de son cachot, il tape contre ses barreaux. Pourtant, personne n'est aussi libre que lui.*

— De quoi parle-t-il ? demande le commandant.

Je serre le fruit encore plus fort dans le creux de ma main.

— *Le cœur !* Il est enfermé dans notre cage thoracique mais il est libre d'aimer. Quand j'ai senti le battement du fruit, j'ai prononcé le mot dans la grotte et le sortilège s'est brisé. C'est pour ça que le bateau est réapparu ici... sur la mer des hommes.

— La mer des hommes ? répète l'officier.

Il soupire en me tapotant amicalement l'épaule. Puis il tourne les talons et sort avec le marin. Juste avant de refermer la porte, j'entends ce dernier chuchoter :

— Il divague. Mais comment son œil a-t-il pu changer ?

Je devrais exploser de joie puisque j'ai obtenu ce dont j'ai toujours rêvé. Mais au fond de moi je suis accablé car j'ai laissé Kelya sur Aiaié. Elle y étreint le monstre pour l'éternité. Le destin nous a séparés au moment où je lui ai dit que je l'aimais. Pourquoi ?...

Chapitre 21

La frégate pénètre dans la baie de Molos. Je retrouve les coteaux boisés aux lignes douces flanquant le port de Vathi. Cette vision m'arrache des larmes. Je reviens sur Ithaque comme le glorieux Ulysse, mais, contrairement à lui, aucune Pénélope ne me serrera sur son cœur. À mesure que le bateau avance, j'entends une foule en liesse.

Selon les informations que j'ai reçues, nous sommes le 26 juillet, ce qui signifie que mon naufrage a eu lieu la nuit dernière. Ce sont les données du calendrier humain. J'en déduis que le temps est bien suspendu dans le monde divin...

— Qu'est-ce que tu as ? s'inquiète l'officier. Quelque chose te tracasse ?

— Non... dis-je d'une voix mal assurée.

— La « guérison » de ton œil est un miracle. Souviens-toi de ce que je t'ai dit : tu vas être submergé de gens qui vont vouloir savoir ce qui est arrivé. Il faudra te protéger, rester avec ta famille.

Le navire accoste enfin. Des hommes jettent les cordages sur le quai. La passerelle est lancée. Le commandant m'invite à descendre. J'avance devant des regards ébahis. Les icônes et les objets les plus sacrés ont été sortis des églises. On se bouscule. Tout le monde veut voir le nouveau visage d'Alexandros. Les bras se lèvent, armés d'appareils photo.

— Laissez-le passer !

Je reconnais la voix de mon père. La foule s'écarte devant mes parents. Je me précipite dans leurs bras et dans ceux de mes sœurs qui pleurent de joie. Ma mère, en larmes, pose ses mains sur mon visage et remercie la Vierge Marie. Mon père m'étreint tellement fort qu'il manque de m'étouffer. Lydia est si émue qu'elle reste pétrifiée. Mélina m'attire à elle et couvre mes joues de baisers. C'est la cohue. Des journalistes me pressent de questions que je feins de ne pas entendre. J'aperçois des lycéens de mon ancien collège. Ils scandent mon nom comme si j'étais un héros. Un peu plus loin... Anastasia ! Que fait-elle là ? A-t-elle quelque chose à se faire pardonner ? Je repère Démosthène, Kostas et Dimitriou avec leurs femmes. Derrière eux, Diogène m'adresse un signe de main. Le vieux Diogène a quitté sa cabane pour venir m'accueillir !

— Laissez-nous passer, insiste mon père.

Notre voiture nous attend sur le quai. Je remercie le commandant, une dernière fois. Je grimpe avec ma famille et nous disparaissons à travers les rues de Vathi sous une pluie d'applaudissements.

Dans le véhicule, ma mère et mes sœurs ne cessent d'examiner mon œil.

— C'est un miracle... répète maman. C'est un miracle !

Une fois à la maison, ma famille cherche à savoir ce qui s'est passé.

— Tu as vu la Vierge ? Elle t'a parlé ?

Lydia m'observe longuement, à croire que je suis devenu pour elle un étranger.

— Assieds-toi, dit ma mère en ne quittant pas mon visage des yeux. Je t'ai préparé tout ce que tu aimes.

Elle apporte sur la table mes plats préférés : tzatziki, calamars, stifado. Je ne cesse de penser à Kelya, tandis que mes parents évoquent le soutien de la population pendant ma disparition.

Maman veut savoir si je me souviens du moment où s'est produit le miracle.

— Non... j'étais inconscient. Ce sont les sauveteurs qui m'ont fait comprendre que mon œil avait changé.

Lydia se demande comment j'ai pu survivre au froid, à la fatigue. Je mens. J'explique que j'étais dans un état second, que je ne me rappelle que de sensations pénibles : la nuit, les vagues qui m'assommaient, la peur.

Après le déjeuner, je me retire dans ma chambre et cache précieusement le fruit rose de Kelya dans un coffret. Un endroit de la pièce m'attire plus que tout : l'étagère sur laquelle repose l'*Odyssée*. La dernière fois que je l'ai feuilletée, l'eau suintait des pages, emportant avec elle l'encre de l'histoire. Je me décide à l'ouvrir, lentement. À première vue, les caractères sont intacts. J'examine l'ouvrage de plus près et remarque un gondolement anormal. Je retiens ma respiration. Je cherche le chant dix, celui de la rencontre entre Ulysse et Circé. Des feuilles à cinq lobes apparaissent dans les marges... ressemblant à celles de Kelya.

En début d'après-midi, toute la famille m'accompagne à l'église de Stavros pour remercier

Dieu, la Vierge, Jésus, les anges et tous les saints de m'avoir sauvé et « guéri ». Le pope[1] entonne des chants de bénédiction. Coulent les larmes... Mélina se blottit contre mes jambes. Lydia caresse ma main. Pendant le recueillement, je prie pour mon amour resté sur Aiaié. Je refuse de vivre sans elle.

Faites que les forces de nos deux mondes s'allient pour la libérer !

À notre retour, nous découvrons des journalistes postés devant la maison. Ils veulent tous me prendre en photo et obtenir une interview. Mon père les installe sous la pergola.

— Alexandros va vous répondre, leur dit-il. Mais le premier qui le harcèle, je le reconduis vers la sortie.

Je sors et aussitôt des flashes crépitent. Les remarques et les questions fusent.

— Tu es sacrément fort pour ton âge, s'étonne l'un d'eux.

— Tu as une photo de ton visage avant le miracle ?

Ma mère leur en apporte une. Ils sont estomaqués.

1. Prêtre de l'Église chrétienne orthodoxe (religion dominante de la Grèce).

— Pour quelle raison le bateau s'est-il retourné ?

Je ne parle pas de mon incroyable aventure. Ils me prendraient pour un fou. J'explique simplement qu'une énorme vague m'a fait chavirer.

— Pourquoi es-tu sorti avec le bateau de ton père en pleine nuit ? demande l'un d'eux.

Je n'avais pas prévu cette question. Je réfléchis deux secondes et réponds :

— C'était un défi. Je voulais naviguer seul en me repérant aux étoiles.

— Alexandros est un intrépide, confirme mon père.

Ce soir-là, lui et moi nous promenons seuls sur le quai de Polis. Nous venons d'allumer un cierge dans la petite chapelle du port. Les traits de son visage sont tirés.

Lui et ma mère n'ont pas fermé l'œil depuis mon naufrage. J'hésite, puis me lance :

— Tu te souviens de la médaille que tu m'avais demandé de rejeter ? Eh bien je l'ai gardée. C'est elle qui a causé mon naufrage et m'a conduit sur les lieux de l'*Odyssée.*

— Comment ça ? s'écrie mon père, le visage blême.

— Tu ne me crois pas ? Je suis né avec un œil monstrueux à cause de Poséidon.

— Qu'est-ce que tu racontes ?

— Je devais payer pour l'œil crevé de Polyphème. J'ai été enfermé dans un cachot. La déesse Métis, mère d'Athéna, m'a montré comment utiliser la ruse. J'ai suivi ses conseils et j'ai pu me sauver. Puis j'ai rencontré Circé sur son île et...

— Alexandros, m'interrompt-il, combien de fois as-tu lu l'*Odyssée* ?

— Cinq ou six fois.

— Les naufragés sont souvent sujets à des délires. Leurs cauchemars se nourrissent de leurs lectures, de leurs angoisses, de leurs monstres intérieurs.

— Mais papa... Souviens-toi de ce que la voyante a dit à maman à ma naissance. Elle l'a prévenue que ma malformation n'était pas due au hasard, que je devais être protégé ! Si je te dis que j'ai dû affronter les Cyclopes, tu dois me croire.

Il s'approche et me serre dans ses bras.

— Tu es un miraculé, Alexandros. Cela seul compte. Ta mère et moi prierons toute notre vie pour remercier Dieu, et je sais que tu en feras autant. Maintenant, il est tard, fiston. Nous reparlerons de tes cauchemars un autre jour.

Il tapote affectueusement ma joue et pousse son corps fatigué dans la voiture. Je reste désemparé.

Si mon père n'est pas prêt à m'entendre, alors qui le sera ?

Le lendemain, je fais la une de la presse. On vient de loin pour me rencontrer. Ma famille veille. Hors de question que cette soudaine célébrité me monte à la tête.

— Ça cessera quand ils auront autre chose à se mettre sous la dent, prédit mon père.

Effectivement, au bout de deux semaines, la vie redevient normale. Il m'arrive de moins en moins souvent de sortir mon miroir de ma poche pour vérifier si mon œil droit ne grossit pas. Je ne crains plus de perdre mon nouveau visage.

Chaque nuit, j'ouvre l'*Odyssée* et pose mes lèvres sur les entrelacs végétaux qui recouvrent les pages. J'ai l'impression de retrouver la douceur de Kelya. Je sors aussi le fruit de sa cache et le porte délicatement à mon oreille. Chaque fois que j'entends son battement, je me remémore le visage de la nymphe. Je la vois me sourire sur la branche de son père, courir sur le sentier du marais, sa longue chevelure brune flottant au vent. Je pleure, car elle s'est sacrifiée pour que je retrouve ma famille. Certaines fois, les images du combat titanesque entre Circé et

Koras viennent me hanter. L'énorme tsunami s'abat sur mon lit et m'emporte dans ses rouleaux. Je crie, je me débats et je me réveille, les yeux hagards. J'ouvre la fenêtre et observe la nuit noire. Mais les juments blanches ne galoperont plus dans le silence d'Ithaque.

— Pourquoi es-tu si mélancolique ? me demande un jour ma mère. Dieu t'a béni en te donnant un nouveau visage. Tu devrais être heureux.

Comment lui expliquer que, sans Kelya, le monde est vide ? Quand le directeur du collège de Vathi me propose de réintégrer l'établissement, elle saute sur l'occasion :

— Ça te changera les idées, insiste-t-elle. Rester seul n'est pas bon après ce que tu as vécu.

Je cède pour lui faire plaisir.

Pendant les premiers jours, je suis l'attraction du collège. Les profs et les élèves cherchent tous à me parler. J'ai envie de leur dire : *Pourquoi ne m'avez-vous pas accepté avant, tel que j'étais ?* Mais je garde le silence. Je dois leur paraître encore plus sauvage qu'autrefois. Autrefois... ce mot sonne comme un temps sans repère, une époque où j'ignorais que Kelya existait.

J'ai du mal à rester assis entre quatre murs après ce que j'ai vécu. Les cartes de géographie sont étriquées, les leçons d'histoire sans saveur. Le prof de sciences naturelles veut nous faire disséquer une grenouille. Comment ne pas penser à Circé, à l'importance qu'elle accordait à chacune des créatures d'Aiaié ? Mon esprit sombre dans une solitude désenchantée. Après deux semaines, je déclare à mes parents :

— Je n'irai plus au collège.

Ma mère, surprise, me prend la main. Mon père racle sa gorge et me demande :

— Que veux-tu faire ?

— Retourner en mer.

— Comment ? s'étrangle ma mère. Tu n'y penses pas ?!

Un sourire illumine les yeux de mon père.

— Je suis fier de toi, Alexandros.

Chapitre 22

S'égrènent les mois. J'accompagne mon père dans chacune de ses pêches. Quand je ne suis pas sur l'eau, je traîne ma mélancolie sur les plages d'Ithaque.

Des médecins célèbres sont venus d'Athènes pour examiner ma transformation, et tous ont admis qu'elle était scientifiquement inexplicable. Reste l'intervention divine...

Ma peau est devenue plus sensible au soleil – un peu comme celle de Diogène – au point que je dois régulièrement la recouvrir de crème protectrice.

Chaque fois que je navigue, j'observe longuement les vagues, penché au-dessus du bastingage, et j'imagine que Kelya surgit des profondeurs. J'espère qu'une nouvelle médaille remontera un jour dans les filets, une médaille identique à celle qui m'avait emporté, une médaille magique pour que je retourne la libérer.

Quand je rentre au port, Démosthène, Kostas et Dimitriou essaient désespérément de me faire rire. Leurs efforts sont aussi louables que vains. Seul Diogène semble partager ce que je ressens au plus profond de mon âme. Nos regards n'ont jamais été aussi complices. Il ne dit rien, mais prend soin de moi comme d'un fils. Il passe en boucle certaines mélodies de notre folklore, celles qui marient, avec force, mystère et tragédie, joie et nostalgie.

Un matin, alors que je bois seul, face à la mer, mon café frappé, il s'assoit à mes côtés. Il a une barbe de trois jours, ses cheveux en bataille.

— Tu gardes en toi un lourd secret, me dit-il d'une voix bienveillante.

Je le dévisage, étonné.

— Ton grand-père et moi buvions souvent le vin de Perachori à la taverne de Dimitriou. Il se confiait à moi. Je veux juste que tu saches que je serai prêt à t'écouter le jour où tu voudras parler.

Il se lève et disparaît dans sa cabane.

Je ne bouge pas. J'ai envie de le rejoindre, de m'effondrer dans ses bras. Vider toute ma tristesse.

Mais je reste planté sur ma chaise, à l'ombre du grand peuplier. Les dernières gouttes du café collent au fond du verre. Diogène revient, une cuvette dans une main, un rasoir dans l'autre. Il pose la bassine sur une table, sous l'immense arbre, ajuste son miroir après un rameau et couvre ses joues d'une mousse immaculée. La lame râpe sa peau en emportant les poils rebelles. Je l'ai déjà vu se raser des dizaines de fois. La précision de ses mouvements m'a toujours impressionné. Toute son existence semble tenir à la justesse de ce rituel. Le tranchant du rasoir qui frôle son œil me renvoie à de douloureux cauchemars. Je me remémore Koras surgissant de la mer, m'attrapant par le pied, entaillant de son ongle le bord de mon orbite, puis repoussant le monstre pirate... Je revois Kelya qui me sauve, me conduit sous le feuillage de son père. Son père... Drus.

La gorge serrée, je confie :

— Quelqu'un m'a conseillé un jour... *de faire un* avec l'eau.

Diogène répond en poursuivant son rasage :

— C'est ce que je ressens en vivant au bord de cette plage. Tous les matins, je me baigne dans la Méditerranée. Son eau n'est jamais la même. Certaines nuits, elle est façonnée par les mains douces de la pleine lune. Le zéphyr peut la tenir éveillée pendant des heures. J'aime cette mer parce qu'elle nourrit mes rêves, parce qu'elle m'offre ce qu'aucun humain ne peut m'offrir : le sentiment d'être libre, d'appartenir au grand souffle de l'univers.

Il pose le rasoir et ajoute :

— Qu'on vive sur la banquise ou sur une île du Pacifique, on porte en nous la mémoire de l'eau. Elle nous relie à tout.

Je répète en moi ses derniers mots : *Elle nous relie à tout...*

Diogène saisit la bassine et jette son contenu au pied d'une ancre rouillée. Il heurte soudain un objet. Il sourit, se baisse et ramasse une pomme de pin qui a dû rouler de la colline.

— Si je plante les graines contenues dans cette pomme, m'explique-t-il, d'autres arbres naîtront. Et grâce à qui ? Grâce à l'eau qui irrigue tout.

Je reste bouche bée.

— Bon sang, me lance-t-il. Arrête de me regarder comme ça, tu vas finir par gober la lune !

Je bondis et grimpe sur la route pour rejoindre la maison. Pousse le vent, s'embrase le soleil. Je cours à perdre haleine. Kelya, écoute mes pas qui tambourinent. Ces battements sont pour toi !

Dans ma chambre, je sors le fruit rose de son

coffret. Je connais une petite parcelle bien exposée sur notre propriété. Je creuse un trou et y dépose le fruit de Kelya après l'avoir longuement blotti contre moi. Je comble la cavité avec de la bonne terre, puis j'approche mon oreille du sol. J'entends son cœur battre.

Pendant un an, je m'occupe de la santé de la jeune pousse. Je l'arrose consciencieusement en imaginant que l'eau devient sève. La nuit, je rêve de plus en plus souvent à Kelya.

À partir de la deuxième année, la croissance de la plante s'accélère. Elle est désormais un arbuste élancé donnant de magnifiques feuilles à cinq lobes. Celles qui ornent les pages de l'*Odyssée* s'évanouissent comme si leur présence était devenue inutile.

Un jour, alors que je nage dans la crique, je crois apercevoir le visage de Kelya entre deux eaux. Mais ce n'est qu'un mauvais reflet. Je retourne sur la plage quand, soudain, le scintillement d'un miroir accroche mon regard. La lueur provient du sommet sur lequel je montais, enfant, pour repérer le *Liberté*. Je me rhabille, grimpe sur mon scooter et rejoins la source de lumière. Une quinzaine de minutes plus tard, j'atteins le monastère Panaghias perché sur la hauteur, laisse ma machine contre un muret et cours vers le rocher d'où j'avais l'habitude d'envoyer des signaux à mon père.

— Alexandros... retentit soudain une voix dans mon dos.

Une main se pose sur mon épaule. Je me retourne. Kelya est là. Elle murmure :

— Je suis sortie de l'arbre.

La bise soulève ses longs cheveux noirs. Ses lèvres ont l'éclat de pétales dorés. Elle ne me quitte pas des yeux. Ses bras s'ouvrent pour m'accueillir et je sombre en larmes.

— Tu as vaincu la malédiction, me dit-elle en contemplant mon visage.

— Kelya... pardonne-moi. Je ne voulais pas te laisser. Je...

— C'est fini, Alexandros. C'est fini.

Nous nous embrassons comme deux fous. Des baisers si longtemps retenus, si longtemps espérés. Bruissent les doigts qui s'aventurent dans nos cheveux. L'épaule de Kelya est douce et fraîche. Plus aucune fibre. Plus aucune écorce rugueuse.

— Je voyais dans mes rêves cet arbre que tu avais planté sur Ithaque, m'explique-t-elle. Plus il poussait, plus il m'attirait en lui.

Elle regarde, autour d'elle, l'horizon, la mer.

— Je suis... sur Ithaque, balbutie-t-elle comme si elle avait des difficultés à le croire. C'est à la fois semblable et différent... Où est ta famille ?

— Kelya... j'ai essayé de parler à mon père des aventures que j'ai vécues, mais il ne m'a pas cru. Je dois garder notre histoire secrète.

— Que veux-tu dire ?

— Aucun humain ne croit qu'Aiaié existe.

— Pourquoi ?

— Parce que ton monde fait partie des mondes oubliés.

— Présente-moi à ta famille. Je vais leur expliquer...

Je la retiens par le bras.

— Que leur diras-tu ? Que tu étais une nymphe au service de Circé ? Ils te prendront pour une folle.

Elle s'arrête et me fixe longuement.

— Je dois donc rester cachée ?

— Au début en tout cas. Crois-moi : regarde comment les humains se comportent et ensuite seulement tu décideras ce qui te conviendra.

Chapitre 23

Ma mère est la première surprise de mon changement d'humeur. Je chante tout seul des mélodies d'amour, je m'ouvre à ceux qui m'entourent. Je suis heureux.

— On a changé mon fils, répète-t-elle. Dis donc, Alexandros, tu ne serais pas amoureux par hasard ?

Et comment !

Kelya passe les premières semaines à l'écart des villages. Elle me pose d'innombrables questions sur notre mode de vie. J'ignore comment elle procède, mais personne ne la remarque. Elle est curieuse de tout ce qu'elle voit et entend. Notre petite communauté d'Ithaque l'étonne... et l'effraie aussi parfois. Elle qui rêvait de participer à nos fêtes et à nos rires, reste de plus en plus en retrait. Sauvage et mystérieuse, elle adore vagabonder au milieu des fougères, des romarins, des chênes nains, des chèvres et des sources claires. Celle d'Aréthuse, au sud de l'île, a sa préférence. Elle m'assure qu'elle ne craint pas la solitude, que la flore et la faune d'Ithaque sont si riches qu'elle découvre régulièrement de nouveaux amis. Elle aime aussi musarder parmi les ruines du palais d'Ulysse, se faufilant entre les clôtures et caressant les pierres. Je l'observe et je sais... Je sais que lui revient alors le visage de notre roi.

Quelque part, dans une grotte d'Aiaié, continue de respirer Koras, enchaîné à de puissantes lianes. Le Cyclope restera prisonnier pour toujours de l'étreinte de l'Île. C'est ce que m'assure ma bien-aimée. Parfois, la nuit, lorsque nous partons secrètement nous baigner, Kelya reste de longs moments à observer la mer. Revit-elle le drame qui a dévasté son île et emporté ses parents ? Ses pensées vont-elles aux créatures qui repeuplent peu à peu Aiaié ? J'ai peur qu'elle disparaisse un jour pour rejoindre son sol natal.

— Alexandros, je veux que tu saches que je resterai toujours à tes côtés, me confie-t-elle un soir, alors que nous contemplons le coucher du soleil.

Mon cœur frémit.

— Pourquoi ?

— Parce que je t'aime. Tu comprends chacun de mes désirs. J'aime ton impatience à me retrouver et à t'émerveiller de tout à mes côtés. J'aime aussi cette étincelle qui brille dans ton regard.

— Une étincelle ?

— Tu ne peux pas la voir. Il faut naître dans mon monde pour la reconnaître. Elle brûle dans les yeux de ceux qui ont osé se mesurer aux dieux.

Mon cœur s'emplit d'une chaleur divine. Elle ajoute :

— Tu as vaincu la malédiction, Alexandros. Tu as prouvé que rien n'est écrit.

Cette nuit a lieu la grande fête de Stavros. Je m'attable avec mes parents et mes sœurs à la terrasse de Dimitriou, à quelques encablures du buste d'Ulysse, le héros qui a refusé l'immortalité pour retrouver son île. On nous apporte cinq cafés frappés. Deux sans lait, trois avec. Et bien sucrés. Après quelques minutes, je me lève. Je prétexte un besoin de solitude et m'éloigne derrière les maisons. Je retrouve Kelya sur un promontoire isolé, face à la mer. Nous nous embrassons. Du village nous parviennent les mélodies enivrantes des violons. La nymphe détache ses lèvres des miennes. Elle se lève et se livre à une danse envoûtante, celle à laquelle elle s'adonnait, jadis, pour le plus grand plaisir de Circé. Ses mains se tendent vers la lune, ses cheveux s'enroulent autour de ses bras nus. Délicatement, elle m'attire dans sa danse inspirée. Et nous tournons, tournons, ivres d'allégresse, nos corps suspendus entre la terre et le ciel.

Du même auteur chez Oskar éditeur

La malédiction des petites racailles

Les petites racailles est le nom donné aux korrigans, ces terribles lutins qui peuplent les landes. Autrefois, ces créatures avaient lancé une menace aux habitants d'un petit village breton pour prévenir toute attaque contre la pierre dressée au milieu de leur territoire. Aussi, quand le maire décide de se débarrasser du Menhir c'est l'incroyable malédiction des gnomes qui s'abat sur le village... Et, manque de chance, Gaël y passe justement ses vacances !

Va-t'en, mauvais esprit !

Seydouba est un jeune Africain vivant au Burkina Faso. Parce qu'il a contrarié de puissants esprits, son grand-père tombe gravement malade. Dans l'immeuble où agonise le vieil homme, Seydouba rencontre Anna, la petite Haïtienne qui connaît le pouvoir des plantes, Atô l'adolescent dogon qui veut apprendre les danses secrètes de son peuple et Fatou, la jeune Sénégalaise dont la voix apaise les âmes. Le destin les a-t-il réunis pour sauver Grand-père ?

Lettre au Président du Monde - Les droits de l'enfant

Un petit garçon écrit au Président du Monde sa

souffrance et sa colère contre le monde des adultes qui méprise les droits des enfants.

Écoute, la Terre te parle

La Terre parle. De ses joies et de ses colères. Du miracle de la vie mais aussi de la mort. Elle évoque les lois de la nature et la cruauté des hommes. Elle délivre un message d'espoir pour que chacun apprenne à la respecter, enfin.

Cinq heures pour le sauver

Depuis qu'il a fui le Tibet occupé par les Chinois, Lodrö rêve de participer à la finale de tir à l'arc des JO de Pékin en 2008 et de remporter la médaille d'or.

Rosa Parks, la femme qui a changé l'Amérique

L'histoire de Rosa Parks, figure emblématique de la lutte pour les droits des Noirs aux États-Unis.

La femme noire qui refusa de se soumettre - Rosa Parks

Le récit de la vie de Rosa Parks qui, en refusant de céder sa place à un homme blanc dans un bus, a déclenché la prise de conscience de la communauté noire américaine.

Je suis un homme - Martin Luther King

Mike appartient au Ku Klux Klan. Humilier, insulter ou même brutaliser les Noirs fait partie de son quotidien. Mais lorsqu'il entend pour la première fois Martin

Luther King, quelque chose commence à changer en lui...

Les soldats qui ne voulaient plus se faire la guerre - Noël 1914

Le récit émouvant d'une fraternisation entre soldats ennemis à Noël en 1914.

Sélection de titres publiés chez Oskar Éditeur
Pour plus d'information, consultez notre site :
www.oskarediteur.com

Chantal Cahour

Série « Incroyable sorcier »

Moi, sorcier en 9 leçons

Le jour de ses 12 ans, Antoine reçoit de son grand-oncle Fulbert le don de télépathie : il peut entendre les pensées des autres. Mais un tel don ne se maîtrise pas comme ça, et la vie d'Antoine se complique !

Pas facile d'être sorcier !

Antoine possède depuis peu un don prodigieux, celui d'entendre les pensées des autres, en pressant ses pouces contre ses index. Mais un jour, il se blesse la main et son pouvoir disparaît. Prêt à tout pour le récupérer, il ne compte pas ménager ses efforts. Malheureusement, le temps presse car d'après le grimoire de ses ancêtres, il n'a droit qu'à 24 heures pour retrouver son don... Antoine parviendra-t-il à retrouver son pouvoir à temps ?

Secrets de sorcier

Antoine possède un don prodigieux : celui d'entendre les pensées des autres. Il rêve de devenir policier et voudrait aider le commissaire Vincennes : sa mère atteinte de la maladie d'Alzheimer a disparu. En consultant le grimoire de ses ancêtres, Antoine découvre le mode d'emploi pour retrouver une personne disparue à l'aide d'une photo. Mais le jour où il veut utiliser son talent pour retrouver sa sœur qui a quitté la maison sans dire où elle allait, il ne parvient pas à établir le contact.

Jack Chaboud

Les petites Wimps

Sally, Stanley et Steven vivent dans une petite ville nichée dans une forêt au sud de l'Angleterre. Alors qu'une série de pannes des systèmes de communication et d'étranges phénomènes célestes viennent troubler la ville, les trois amis rencontrent Joséphine. Mais qui est cette mystérieuse jeune femme ? Pourquoi semble-t-elle penser que la Terre est en danger et qu'eux seuls peuvent affronter la maléfique magicienne qui menace l'humanité ?

Anne Ferrier et Régine Joséphine

Série « Les Chroniques étranges des enfants Trotter »

La malédiction Shakespeare - Tome 1

Un vol à la tire, une église médiévale en travaux, une crypte obscure au fond de laquelle se cache un mystérieux tombeau... et d'étranges parchemins signés de William Shakespeare... Inquiétantes découvertes pour Victor et Albane

Le chien des ténèbres - Tome 2

Invités au Canada par leur tante Agatha, Victor et Albane ne se doutent pas qu'ils courent un danger mortel. Est-ce la malédiction Shakespeare qui les poursuit ? Après un naufrage, ils échouent sur la plage d'une île inhabitée. Mais qui est ce professeur qui les menace de son fusil ? Que trouveront-ils au fond du puits d'argent dont les profondeurs abritent d'inquiétants secrets ? Poursuivis par un dangereux collectionneur, soutenus à leur insu par un Ordre non moins mystérieux, Albane et Victor vont devoir affronter une terrifiante créature émergeant de la nuit des temps...

Pascal Hérault

Le livre des ténèbres

Théo, 14 ans, fils du libraire Labrunie, est témoin d'un meurtre : un skinhead poignarde un homme et lui vole sa mallette. Lorsqu'il aperçoit la victime, le père de Théo semble troublé comme s'il la connaissait. Théo en est persuadé, aussi il décide de mener son enquête et découvre que la victime était un bouquiniste,écrivain et spécialiste des sciences occultes…

Agnès Laroche

Tim sans-dragon

Reuter, un despote sans scrupule, règne sur l'Ironde et sème la terreur à la tête de son armée de dragons. Un seul homme pourrait s'opposer à lui : Aymeric, le père de Timothé, disparu mystérieusement. Timothé ne rêve que de partir à la recherche de son père et de le ramener en Ironde. Anok, le poussidragon offert pour son anniversaire, sera-t-il à la hauteur pour entreprendre ce périlleux voyage ?

Pascale Maret

L'encrier maudit

À cause de la pluie, des élèves de 5e en voyage de classe sont confinés à l'intérieur d'un vieux manoir. Pour tromper l'ennui, Thomas, Killian et Jules entrent en douce dans les appartements privés de la propriétaire... Soudain, des pas se font entendre et les trois amis se cachent dans un débarras. Jules découvre, dans un pupitre, un étrange papier accompagné d'une plume et d'un encrier...

Stéphane Méliade

Il faut sauver la planète mars

Planète Mars, 2064. Amaël est chargé d'accueillir Coraléa, une adolescente « désabonnée » qui vient de la Terre avec ses parents, journalistes à Véri-TV, pour visiter l'Eurobulle. Mais dès qu'il l'aperçoit, Amaël comprend qu'elle va poser problème... et lorsqu'ils se retrouvent par accident enfermés tous les deux hors de la Bulle, seuls sur la surface désertique de Mars, avec seulement 4 h d'oxygène dans leurs scaphandres, la tâche assignée à Amaël vire au cauchemar

Publié par Oskar éditeur
21, avenue de La Motte–Picquet
75007 Paris - FRANCE
Tél. : +33 (0)1 47 05 58 92 /
Fax : + 33 (0)1 44 18 06 41
E–mail : oskar@oskarediteur.com
Site Internet : www.oskarediteur.com

Auteur : Éric Simard
Illustration de couverture : Laurent Bourlaud
Conception graphique de la couverture, direction
artistique : Jean-François Saada
Mise en page : David Lanzmann
Direction éditoriale : Françoise Hessel

ISBN : 978–2–3500–0858-5
Dépôt légal : mars 2012
Imprimé en Europe
Loi n° 49–956 du 16 juillet 1949 sur les publications
destinées à la jeunesse